山水情

SHAN SHUI QING

张宇强·著

黄河出版传媒集团
阳光出版社

图书在版编目（CIP）数据

山水情 / 张宇强著. -- 银川 ：阳光出版社，2022.10

ISBN 978-7-5525-6557-7

Ⅰ.①山… Ⅱ.①张… Ⅲ.①新闻—作品集—中国—当代②诗集—中国—当代③散文集—中国—当代 Ⅳ.①I253②I227③I267

中国版本图书馆CIP数据核字（2022）第206152号

山水情　　张宇强　著

责任编辑　赵维娟　朱双云
封面设计　李家强
责任印制　岳建宁

黄河出版传媒集团
阳光出版社　出版发行

出 版 人　薛文斌
地　　址　宁夏银川市北京东路139号出版大厦（750001）
网　　址　http://www.ygchbs.com
网上书店　http://shop129132959.taobao.com
电子信箱　yangguangchubanshe@163.com
邮购电话　0951-5047283
经　　销　全国新华书店
印刷装订　宁夏报业传媒集团印刷有限公司
印刷委托书号　（宁）0024678

开　本　880 mm×1230 mm　1/16
印　张　16
字　数　200千字
版　次　2022年10月第1版
印　次　2022年10月第1次印刷
书　号　ISBN 978-7-5525-6557-7
定　价　48.00元

山水之情，剑履星辰

——《山水情》代序

赵　华

宇强的作品集初成，嘱托我写序。一来我们是总角之交，出生于同一个农场；二来我们到城里求学时就读于同一所高中的同一个班；三来我们还曾是石嘴山广播电视台新闻部的同事。正因为这诸多共同经历，我对宇强的性格、禀赋和人生经历都了解得稍多一些。

《山水情》是宇强近10年来的所思所悟，有他这些年获得国家级、省级奖项的代表性新闻作品，有他对石嘴山山川风物、风俗人情等所做的探究，有他对石嘴山市社会发展的深入思考和因时而发的时事评论，还有他浓云泼墨写就的诗歌等。

有句话叫“樱桃桑葚，货卖当时”，新闻讲求的是时效性，是短平快，因而大多数作品都如浮光掠影，但好的新闻作品同好的文学作品一样，会超越时间与地域的限制，历久弥新。《柔弱铁臂，撑起残家18年》是宇强被推荐参评中国新闻奖的作品，以平民化的视角记录了全国道德模范周淑琴；还有纪录片《文明在手上》《深山气象站》等作品，都有相似特质。宇强的新闻作品之所以能频频获奖，究其原因还在于他摒弃了新闻作品中易犯的空洞、浅浮与失真的毛病，守住了“真”。这种“真”不仅仅是新闻事件的真实与新闻人物的真实，更是其所体现的时代面貌、精神状态和道德伦理的真实。因而这样的作品是血肉饱满、有情有义的，也是能够经得起时间考验的。

人们常说记者是个杂家，但要成为一个杂家谈何容易，这需要知识的积淀和文化的涵养，更需要丰富的阅历和睿智的思考。宇强少年时代就涉猎广泛，喜爱阅读，对历史、地理、人文尤其感兴趣，这个习惯他一直保持到现在。他对石嘴山的历史渊源、民俗文化等非常感兴趣，收入书中的《从口诀歌探究宁夏民间婚俗的承传》《寻味黄渠桥》《大武口凉皮》等文章，不仅考证翔实、搜求完备，而且生动可感、新见迭出。记者的最高境界是成为思想睿智、思维缜密的学者型记者。作为从事了20余年新闻工作的老记者，宇强有学者型记者之风，他凭借自己对家乡历史地理、社会政经的深刻了解和把握，凭借对这方故土的殷殷之情，写下了很多充满思辨的文章。《出，铺垫出路；进，另辟蹊径》《有没有，要制造；好不好，看智造》等文章观点新颖，令人拍案叫绝。

学生时代宇强就喜欢诗歌、散文，尤其对唐诗宋词情有独钟。这些都为他奠定了深厚的文学修养。《山水情》一书中收录了他创作的诗歌以及他为石嘴山有代表性的十景所作的美文。生活中的宇强豁达仗义、志存高远，这些诗歌出自他的胸中，自然也就有了开放的精神和奇崛的气势。比如宇强为他曾报道的人物周淑琴写的诗："家里有一盏灯叫周淑琴 / 点在人心里，亮在黑暗中 / 因为你的柔弱铁肩和不离不弃 / 一个风雨飘摇的家 / 二十年灯火通明。"比如他撰写的《石嘴山礼赞》："石嘴山，一个硬朗的名字，/ 用她山样的胸怀，/ 包容大志，谋划长远。/ 石嘴山，一个坚韧的名字，/ 正以她水样的柔情，/ 孕育文明，砥砺笃行。"这些诗句中的情感是有层次的，同时气势是沸腾的、是英姿勃勃的。宇强同我一样都已年逾不惑，都历经了人生的起伏跌宕，感悟了生命的温暖苍凉，因而文风也渐渐变得温和豁达。比如宇强写归德沟："归德沟的美，在于它的博大、延绵与包容，冬不厌冰雪，夏不厌溪流，有绿色也葱茏，无绿色也安然。"自古实践出真知，宇强跋山涉水，创作不倦，拍摄了多部为人所称道的纪录片，总结出大量真知灼见，并将其上升为理论文章发表于多家期刊。这些文章有实有据、见地深刻，富有前瞻性和实操性，是他总结多年理论与实践经验的硕果。他本人也被评为"全国德艺双馨电视艺术工作者"。

读完此书，觉得它不止如山水之情，更像是星辰剑履，其间有热忱与梦想，有铁肩担道义，更有宇强这些年醉心创作留下的深深足迹。最后将汪曾祺先生的一首诗赠予宇强并同勉：

乡音已改发如蓬，梦里频年记故踪。
疏钟隐隐承天寺，杨柳依依赞化宫。
半世未忘来旧雨，一堂今日坐春风。
高邮湖水深如许，待看长天万里鹏。

2022 年 3 月于银川

目录

第一辑　稿件拾遗

第二辑　风物记录

第三辑　深度思考

第四辑　真情颂歌

第一辑

稿件拾遗

参加拍摄纪录片《贺兰山》

奋进之歌

——石嘴山广播电视事业 20 年

知道过去，才知道我们从哪里来。知道从哪里来，才知道我们往哪里去。知道过去，并不是留恋，而是一种感怀、一种审视，更是一种激励。正如青花瓷的神韵，水墨画的留白，引人遐想，给人启迪。

那是一段激情燃烧的岁月，那是一段真情涌动的岁月，那是一段如火如荼的岁月，那是一段人难以忘怀的岁月。1952 年，惠农县（今惠农区）收音站成立，历史翻开了石嘴山广播电视台的图强之路。

一个人，一架收音机，一根扁担，一步步蹒跚走来。创业者们，胸怀时代使命，一腔热血能融冰雪，能蹚山河；一股干劲能冲霄汉，能摘日月。血脉里流淌着“不等、不靠、不服输”的精神气概。

在发展滞后、流动人口甚少、人口居住分散的环境中，在资金极度匮乏、基础十分薄弱情况下，创业者们克服一个又一个困难，渡过一道又一道险关。一个个纪录被刷新，一项项创造逞英豪。

创业者们，以不破不立的开拓姿态，勇敢地吹响了“创新先行”的激越号角。乘胜追击，抢抓机遇。一手抓频道建设，一手抓网络建设，双轨并举，高歌猛进。

岁月似水，流淌了几十个寒暑春秋；岁月如歌，吟唱着难忘的时代旋律。贺兰山下，电波融入了蓝天；星海湖畔，生活注入了色彩。一串串跃动的音符，走向听众；一段段难忘的记忆，走进每一个家庭。

一路走来，石嘴山广电人的脚步总是那样地匆忙和急迫，但迈出的每一步又是那样沉稳和踏实。记录辉煌，载着党和人民的重托；见证历史，和着广电事业崛起的节拍。从稚嫩中走来，迎着太阳奔去。

历史，是一个无形的宇宙，包罗着事物发展的轨迹；历史，是一个悠远的故事，讲述着人文的传奇；历史，更是一种奔放的力量，厚积薄发，迸射出智慧与信念的光辉。

在历史的开端，石嘴山广电人以苍遒的笔力镌刻下一个彪炳时代的印记。广播，曾经是现代文明的标志，让声音插上翅膀飞翔，连通神州大地的神经，给一代人留下刻骨铭心的记忆。然而，俱往矣。在石嘴山广电人的记忆里，有一段不堪回首的艰难时光。

20 世纪 90 年代以前，广播是“播”的时代。由于石嘴山市广播站搬迁至市政府所在地——大武口区，离城区太远，广播线断了不能及时修复，影响正常播音。为了彻底解决向各县、区广播站和厂矿广播室传送节目讯号的问题，1980 年石嘴山广播台开始筹建调频台。

可是，上调频台，谈何容易！技术怎么解决？设备从哪里来？

这一切，并没有让胸怀使命的石嘴山广电人放弃，只要上面允许我们干，我们就得自己想办法，不能等，也不能靠，更不能服输。没钱，想法筹，没有技术，自己摸索。由此，石嘴山广播电视台的图强之路迈出了坚实的第一步。

当时，广播站只有 8 个线路员，新闻记者只有 3 个。晚上，他们挑灯夜战，不知疲倦地绘制着一张张图纸和方案；白天，他们翻山越岭，推着自行车，扛着电线，冒着酷暑在建设基地安装测试。

就这样，石嘴山广播电视台一步步发展，从无到有，从小到大，设备和技术也在不断地更新和完善。

1986年，石嘴山广播调频台建成，正式向全市播音。频率为95.4兆赫，波长3.14米，覆盖半径30多千米，覆盖全市并延伸到银川市及内蒙古乌海市部分地区。这是宁夏第一家调频广播电台，全天播音7小时35分，其中转播节目时间2小时，自办节目时间5个多小时，有《本市新闻》《煤城快讯》《法制园地》《学习与思考》《农家院》《工矿生活》《文化与生活》《煤城文苑》等17个栏目。新闻节目连续3年荣获宁夏新闻一等奖。

这一步，石嘴山广播人走得艰难而困苦。这一步，石嘴山广播人走得又是那样坚定而执着。

这一步，让石嘴山人拥有了自己的频道。这充满力量的第一步，落地有声，铿锵着石嘴山广播人不竭的动力和庄严的承诺。但这只是“万里长征走出的第一步”，更严峻的考验还在路上。

随着广播事业的发展，石嘴山的电视事业也在发展。1973年，银北准备建立电视差转台，这对石嘴山电视人来说，无疑又是一段艰难困苦的岁月。

当时工作条件很差，水、路、电均不通，资金不足，技术生疏，人手少，可以说是白手起家。

可这并没有难倒石嘴山广电人，“不等、不靠、不服输”的精神再次让大家心往一处想，劲往一处使。他们克服了一个又一个困难，渡过了一道又一道难关，终于在1974年春节前夕，石嘴山第一座电视差转台开始播出，给银北人民送来了第一幅电视图像。它的建成开播掀开了石嘴山市电视发展史的第一页。

伴随着历史的滚滚车轮，石嘴山广电人一次次在突破自我，一次次在困境中奋进。

1975年，石嘴山电视台南迁。经过反复勘察决定在现沟口发射台台址兴建规模更大的发射中心。1976年9月，全台职工开赴沟口发射台建设新的发射中心，主要任务是架设高达100米的发射天线。

这时，又面临一个问题。100米高的发射塔需要70多万元，这个数字对石嘴山广播电视台来说,根本拿不出来,怎么办？是逆流而上还是顺流而下呢？

越是困难的时候，越能激励石嘴山广电人的信心和勇气。这个时候，不能等、不能靠，更不能服输，只有挺起腰杆迎难而上，最终才能达成目标。

有了信心和勇气，石嘴山广电人立即着手干了起来。没钱，去企业化缘；没有设备，奔赴北京购买。他们一方面通过原中央广播事业局，与邮电部协商开口问题；一方面又拿着市领导的信件请求上级部门帮助解决设备问题。设备来了，但是安装还需要钱，为了省安装费，石嘴山广电人决定自己安装。于是，大家冒着酷暑，不分白天黑夜地干了起来。

历时近一年，1978年，微波线路正式开通，图像稳定、色彩鲜艳、伴音清晰。从黑白变成彩色，石嘴山人民从此看上了彩色电视。

石嘴山广播电视台的创业历程，印证了这样一个理念："不等、不靠、不服输"，才能发展，才能生存。

从崛起到壮大，继承与创新像一根动脉，贯穿于石嘴山广播电视台发展的始终，让石嘴山广播电视台革故鼎新，终于插上翅膀飞向远方。

一支敢于亮剑的英雄团队，用无限的创业热忱再次谱写了一曲曲激情燃烧的乐章。

1999年，全台进行了一场"如何最大限度保证我们的职工不下岗"的大讨论。这个讨论的开展，预示着石嘴山广播电视台再次陷入了发展的瓶颈。

相比而言，石嘴山广播电视在发展上，与其他城市相比有三大不利因素。一是人口因素，石嘴山市人口较少，而且宁煤等大企业又建成了自己的广播电视网络，对有限的人口资源进行了再分割；二是大武口、惠农（原石嘴山区）两个城市（区）距离远，核心区人气不旺；三是第三产业不发达，广告资源薄弱。

当时我们只有几间简易的平房，办公设施简陋，设备落后，面对无情的市场，石嘴山广播电视台毫无竞争力，更无发展后劲。

面对这样的困境，石嘴山广电人又该何去何从？

这是一个飞速发展的时代，我们每一个人都在思考着、抉择着、前进着，事业的发展更是如此。

“欲知松高洁，待到雪化时。”审时度势，负重跨越，石嘴山广电人大胆探索、锐意改革，用执着的追求，擎起了奋进的大旗。

从1999年起，石嘴山广播电视台通过贷款、融资、自筹资金等方式，建设广电大楼、发展有线电视、改造有线电视数字光缆网、提升数字编辑设备及摄像设备，还建设了人民广场电子大屏幕、石嘴山政务网、星海湖旅游船以及180多套家属楼，在全区率先实现广播电视模拟对编向数字化硬盘播出的飞跃。

20多年卧薪尝胆，20多年拼搏努力，20多年奋起直追，石嘴山广播电视台终于突破困局，走出瓶颈。员工由100多人发展到300多人，有线电视用户从四五千发展到5万余户，资产从400多万发展到过亿元，无线覆盖率全区第一，形成一业为主、多业并存（广播、电视、影视拍摄、文化旅游活动筹组）的多元化产业集群。石嘴山广播电视台以强者的姿态和声音，笑傲于现代传媒的潮头。

凡是追求事业发展，必然注重人才培养。

在发展实践中，石嘴山广播电视台培养了一支有理想、有抱负、有作为的广播影视干部队伍，为宁夏广电总台和石嘴山市有关行业培养了一批优秀制片人、主持人、记者、编辑及中层管理干部。富有朝气的石嘴山广电人，以奔放的力量、超然的勇气、卓越的智慧站在时代的潮头。

理念是行为的先导，有什么样的理念，必然有什么样的行为。

石嘴山广播电视在发展和实践中逐渐形成了“不做则已，做就最好”的管理理念。目前，广播经济频道和交通音乐频道每天播出18个小时，有18个栏目，自制节目每天平均15个小时；电视综合频道和公共频道每天播出18个小时，有14个栏目，自制节目每天平均两个半小时。同时还出版了《五湖四海石嘴山人》《石嘴山赋诠释》《印象石嘴山》等一批反映石嘴山发展进程的书籍。

20多年来，一组组鲜活的数字，是创业的石嘴山广电人一颗颗激越跳动的心和一滴滴喜悦的汗水熔铸的奇迹。这是一个荣辱与共、团结奋进的奇迹，更是一个披荆斩棘、开创未来的奇迹。

经过20多年的激情开拓，成熟的石嘴山广播电视台呈现出强劲的综合实力。

20多年来，本着开放型的发展理念，本着成就人的工作方式，石嘴山广电人不等、不靠、不服输，开拓市场，以人才优势创造价值，以行业优势拓展事业，形成了多元化的发展格局，使石嘴山广播电视台成为宁夏领先、影响周边的领军型广播电视台。

在风雨中磨砺，在创新中发展。

一个个温暖的祝福在万家荡漾，一声声亲切的问候在耳边回响，一张张热情的笑脸在眼眸中闪亮，一次次真情的服务在心中歌唱。石嘴山广电人沐浴着希望的阳光，肩负着党和政府的殷切期望，心系百姓，脚踏实地，一步一步走向成熟和辉煌。

（写于2010年）

绿染石嘴山

十年前，一位摄影记者曾在石嘴山拍摄了这样一组画面：城区周围是垃圾成堆、杂草丛生的臭水湖；煤矸石和粉煤灰堆成的三座大山与一根根喷着黑烟的烟囱交错着……这组照片一度成为这座城市的写照。

十年后，新华社记者拍摄的几组照片诠释了这座城市的巨变：市区内到处怪石争奇、花草斗艳；四通八达的道路两侧绿树成荫，街道如水洗过般干净；成片的湖面波光粼粼、群鸟翱翔……一个显山、露水、透绿、通畅，人与自然和谐相处的新型园林城市气象伴着一股新风扑面而来。

星海湖，在七八年前，不要说是外地人，就是当地人都没有听说过。那里原来是滞洪区，堆满了工业废料和生活垃圾，蚊蝇肆虐、臭气熏天、污水四溢，因而被称为石嘴山的“龙须沟”。

而现在，再也看不到“龙须沟”的影子了。现在的星海湖，是国家级水利风景区、国家湿地公园，正发挥着防洪、调洪、蓄水、水产养殖、改善气候、休闲娱乐等多种功能。

一个城市有了水，就有了灵性；有了水，就可以做活城市建设这篇大文章。为此，石嘴山进一步突出了“环湖而建、依水而居、林在城中、城在林中”

的城市特色。

山水环抱，绿树绕城，鲜花簇拥，奇石点缀，锦鳞戏水，百鸟翔集，半城山色半城湖，谁能说如今的石嘴山不是山水园林之城呢？

从黄沙漫漫、碎石满地，到山水相绕、绿树成荫；从遍地平房、道狭路窄，到高楼耸立、道宽路畅，石嘴山在不断蜕变、发展。

走进石嘴山，宽敞笔直的柏油路，碧波荡漾的星海湖，绿意盎然的森林公园，错落有致的城区建筑，似一幅绚丽多彩的山水画卷映入眼帘。

显山、露水、透绿、通畅，“环湖而建、依水而居”，以人为本的和谐发展理念，不仅让城市充满了灵气与生机，更给人民群众带来和谐与幸福。

得天独厚的自然资源优势，特别是20多万亩湿地，就像是一个个“聚宝盆”，为建设山水园林城市提供了良好的前提条件。

“生态优先、以人为本。”抢救性恢复的占地面积43平方千米、蓄水面积23平方千米的星海湖国家湿地公园，成为石嘴山独具特色的山水风景线；新月海生态公园、惠农区黄河公园、平罗天河湾黄河国家湿地公园等一批重点生态工程，将一片片荒滩绘成丹青。昔日的粉煤灰场、煤矸石山，成了山水环抱、风景秀丽的奇石山。大武口森林公园绿化工程，完成造林7000多亩、植树41万株，被誉为“世外桃源”“绿色心脏”。

如今的石嘴山，是一座人与自然和谐相处的山水园林城市。现已拥有林地面积87万亩，森林覆盖率达11%，城区绿化覆盖率达36%，人均公共绿地为14平方米，城镇化率达59.6%，湿地总面积达415平方千米，被评为全国“水土保持生态环境建设示范城市”，入选“中国特色魅力城市二百强”。

生态文明，已成为石嘴山市越来越清晰的发展主题。

几十年来，石嘴山的干部职工每年都要抽出一个月的时间去义务种树、平整湖泊。通过构筑生态防护屏障，“山水园林城市、塞上湖泊水乡”已经成为石嘴山的新名片。

用森林环抱城市，让城市拥抱森林。石嘴山市大力实施重点绿化工程，构筑了市区四面生态防护屏障，将城市掩映在绿色当中，城市外部大环境发生了质的变化。市民出门300米就能见到绿地，出门500米就能见到公园。如今走在石嘴山街头，街道宽阔，绿荫蔽空，芬芳四溢。

山是精神，水是灵魂。葱郁的植被环绕着湖泊水面，雄浑的沙漠与柔美的碧水相依，低垂的杨柳与飘荡的芦苇相交，一草一树，一水一沙，一苇一石，“江南水乡”与“大漠风光”交相辉映，湖泊湿地生态系统彰显着石嘴山独特的塞外景观，也为人们提供了休闲、度假的好去处。

富灵秀之气，具厚重之美。

人们尽情地享受着自然赋予的美好，享受着现代化带来的便利，体验着生活，感受着生活。

石嘴山市坚持把推进城镇化作为加快全市经济社会发展的重点，积极营造“碧水蓝天、道阔路畅、优美和谐”的生活环境，组织实施了一批市政公用设施提升、城市道路改善、垃圾无害化处理项目，大刀阔斧地进行了新区行政及科技文化中心建设和星海湖追月桥建设。“和谐盛世”宝鼎、百米大型文化景观地雕、历史文化园、工业文化园都已经成为石嘴山的标志性建筑。

看过去，一路辉煌；展未来，任重道远。

放眼如今的城市，感受良好的自然生态环境，我们由衷地感到，石嘴山绿了、美了。我们可以相信，随着生态园林城市建设进程的不断加快和宜居城市的深入扩展，石嘴山的明天会更绿、更美。

（写于2012年）

移民村的变迁

这是一场宁夏历史上绝无仅有的移民，30 年的历程，搬迁规模之大、任务之重前所未有；这是一座移民精神的历史丰碑，无数人舍家为民、大义担当，凝聚成了感天动地的移民精神。

固本强基——生态移民的中流砥柱

他叫李平，从 1983 年建设隆湖吊庄开始他就担任村党支部书记，到现在已经 30 多年了。从漫漫黄沙、茫茫碱滩，到垦荒洗碱、建设家园——在隆湖的沧海桑田中，李平和移民群众心里总被一股力量、一种精神鼓舞着，有着说不完的喜乐酸甜。

【同期声】李平：1983 年从隆德搬到隆湖吊庄，当时上来（隆湖）蚊子也多，气候也不习惯，一片盐碱地，渠也没有通，农田灌水也有很大困难。

建设隆湖吊庄在宁夏属于首创。困难就在面前，怎么有效开展工作，是摆在大家面前的一个新问题。

【同期声】石守忠：当时主要是气候适应不了，风沙大，蚊子叮。另外，根本就不懂种植，水稻和稗子都分不开、不认识。我们党员带头学习，村上有块样板田，在那里开现场会，叫群众来，哪个人水稻种得好，专门组织村干部和机关单位参观学习，讲经验。如果党员干部不带头那是干不成的。

作为隆湖移民工作的老领导，石守忠也见证了隆湖30年的变迁。一次次地尝试，一次次地实践，在隆湖吊庄建设中大家摸索出了“三心”经验，为第一批移民工作开了好头。

建立移民地区的“领导核心”。1983年成立中共隆湖区工作委员会，选派县直机关的干部协助移民区党组织开展劝返、生产自救等工作，逐步稳定了移民地区的形势。

形成移民群众的“思想核心”。做群众思想工作，向村民宣传政策，使各项移民政策家喻户晓、深入人心，逐步打消了群众的各种思想顾虑，让他们扎根新环境、创造新天地。

打造移民地区的“发展中心”。坚持把解决移民群众吃、住、行等作为工作的出发点和落脚点，修道路、建学校等，改善生产生活条件，使劳务经济逐步成为移民群众的主要经济来源。

【同期声】李平：党委、政府对我们移民吊庄的百姓确实特别关心，各方面政策很优惠。吊庄变化特别大，娃娃上学的路修到门口了，自己骑车也能到学校，娃娃还有免费营养早餐等，跟以前确实没法比。现在条件确实好，合作医疗也很好。

【同期声】石守忠：打不了粮食，人就回去了。我们这个地方最大的特点就是人稳得相当好，搬迁的人年年在增加，尤其是开发区成立以后，1万多人就上来了。

庄严承诺——让移民的生活更美好

眼前这个晒得黝黑的中年人叫陈刚，是星海镇富民村的党支部书记。1992年，随着隆湖扶贫经济开发区的成立，他和很多乡亲来到了大武口。他带领大家逐步建起的2000亩螃蟹养殖场，实现年集体经济收入20多万元，为全村农户户均增收3000多元。

【同期声】陈刚：这大棚是我们这几年搞的鲜果葡萄，是红提，现在最好的一种品种，光葡萄一年下来就有将近八万元的收益。我养的鱼，混养的，一年下来鱼的收入三四万块钱，就这两项我们收入十几万元。

经过近10年的探索实践，大武口区通过制定、实施基层组织建设规划、农村党组织和党员“创业行动”以及村务公开等制度，开展市、区部门结对帮扶移民村，各级干部下基层联系移民党员、结对帮扶移民户，使得像陈刚这样的很多移民成了致富带头人，有效解决了村民的实际困难，移民工作也在科学的实践中扬起了奋进的风帆！

在各村党支部和广大党员中开展了“达标升级、创先争优”“三学两带一提高”活动，基层党组织和党员在为民办实事中受到移民群众的欢迎。

鼓励各村发展多种成分的经济组织，兴建了化工、建材、焦化等多家企业，在周边企业和致富带头人的带动下，移民群众积极开展特色养殖、商贸等多种经营。

【同期声】刘东武：我在这个地方搞基础建设工作将近20年了，利用市上、区上的优惠政策，把咱们隆湖经济开发区的第二产业、第三产业整体发展起来，让老百姓有更多的致富门路。

新村处处展新容，今昔风光大不同。一栋栋宽敞的移民新居，一排排整齐的蔬菜大棚，还有底蕴深厚的文化产业一条街，移民的日子越过越好，致富的脚步也越来越稳健。一眼望去,处处都充满着富裕、文明、和谐的气息……

全面发展——党建之花竞芬芳

有位老人叫王克俊，他是在2012年宁夏生态移民中，带着四代人一起搬迁到大武口区新民社区沐恩新居的。

【同期声】王克俊:在家（隆德）烧炭都是1949年后才有的,烟熏火燎的,现在做饭有天然气，一打就可以做，先进得很。

“搬得出、稳得住、能致富”是移民工作的重心。按照“生产发展、生活宽裕、乡风文明、村容整洁、管理民主”的社会主义新农村建设方针，大武口区在移民安置模式、党员教育管理等方面进行了大胆探索。

在各移民村建设新的村级活动场所，在辖区建立“一站式”办事大厅，积极为移民群众办理养老、医疗保险等。每年数百万元的农业直补为移民增收再添新动力。每年为隆湖扶贫经济开发区补贴180万元，辖区2000多名农村学生享受到了“免费营养午餐”。

通过“两推一选”和“公推直选”，将一批有文化、懂经营、能干事的村民选进村委会领导班子。在各移民村开通了党员干部现代远程教育网络，广泛开展把“党员培养成致富能手，把致富能手培养成党员”的“双向培养”活动，着力提高党员服务群众的能力。

“十二五”期间,大武口区搬迁安置移民2514户10400人。大武口区委、区政府坚持生态移民与劳务移民统筹安排，搬迁安置与发展产业相兼顾，移民安置区建设在靠近重点城镇、产业基地的区域。同时，在全宁夏率先成立了第一个移民社区党委，并选派大学生担任移民社区党委书记，下设了劳务培训、文化体育和生活服务三个功能党支部，对移民开展全方位的服务。

【同期声】李晓珅：真正能留住移民的，一个是劳动，发挥他们的主观能动性，政府再起辅助的作用，给他们培训，提高他们的技能；一个就是文化，他们觉得白天在外面工作很累，但是回家能看看戏，孩子有地方上学，老婆有地方刺绣，能听秦腔，让他们觉得心里面特别踏实。

湖水粼粼山如黛，丰碑巍巍耀塞上。30年的风雨刻在贺兰山岩，30年的巨变映在星海湖畔。

如今，移民工作“全面开花、处处结果”。移民人口从1983年的几千人，迅速发展到现在的5万多人。搭乘着城乡统筹发展的快车，隆湖从开发区成立之初农民人均收入不足百元，到现在人均年纯收入近6000元，30年间增长了60多倍，位列全区移民区之首。隆湖扶贫经济开发区也被国务院扶贫开发领导小组誉为我国“扶贫开发史上的一大创举”。

党旗引领风帆正，乘风破浪正当时。在“十二五”新的征程中，大武口区将坚持科学发展，继续改革创新，以饱满的热情、昂扬的斗志、务实的作风，万众一心、开拓奋进，用优异的发展成果为飘扬的党旗添光增彩，用跨越争先的步伐奏响时代发展的最强音！

（写于2015年）

社区卫生服务："舍近求远"为哪般

【导视】

（画外音）一路之隔，个体诊所与卫生服务站"冰火两重天"。

【同期声】市民：这个社区不行。不知道他们看得好不好。

（画外音）"舍近求远"，家门口的便利为啥不买账？

【同期声】市民：简单的药都没有，看病时间也安排不好，挺不方便的，不愿意到那儿去。

（画外音）社区卫生服务站有苦也有怨！

【同期声】社区卫生服务站工作人员：我们有好多活是要下社区去干的，时间段错开了，我们的活就没法完成。

（画外音）居民认可社区卫生服务要多久？敬请收看本期节目。

社区卫生服务："舍近求远"为哪般

主持语：早在 1998 年 4 月，石嘴山市就开展社区卫生服务工作，在一些街道社区建立卫生服务站，使居民在社区就能享受到疾病预防等公共卫生服务和一般常见病、多发病的基本医疗服务。这些社区卫生服务站服务对象主要是社区及其附近的居民，很多项目都是免费的，药品也都是按进价卖。按说方便又省钱，但却少有人买账。不少人无论大病小病，还是往大医院跑，那么，老百姓为什么不认可社区卫生服务呢？

【正文】3 月 23 日下午 3 点，大武口区永乐社区卫生服务站内没有一位病人，仅有上班的一位医生与一位护士，整个卫生服务站冷冷清清的。而与之仅隔几米远的个体诊所，大厅里坐了几位候诊的病人，楼上有 7 位正在输液的病人，加上陪护，大大小小坐了十几号人。

【同期声】市民：个体诊所不挂号、不排队，这点就是方便。去社区卫生服务站这个检查，那个检查，很不方便。

据了解，社区卫生服务站的公共卫生服务项目和大医院相差不多，但每月的门诊量仅五六十人次。谈起这个话题，该社区卫生服务站的工作人员显得很无奈。

【同期声】大武口区永乐社区卫生服务站工作人员：因为我们有一个基础用药，药品到我们社区的有点少。

调查中记者发现，一些居民对社区卫生服务机构信任度不够。许多居民看病就医仍然抱着“大病小病去医院”的老习惯，身体稍有不适，都喜欢到大医院就诊，对于就在自己家门口的社区卫生服务机构，却完全忽视掉了。因此，市区内的大医院几乎天天人满为患，而相当一部分社区卫生服务机构却门可罗雀，被社区居民所冷落。

李女士是大武口新世纪花园的居民，对她来说，有个头疼脑热的，她的第一选择肯定是去大医院。

【同期声】李女士：社区医院毕竟是个小医院，设备各方面都不全，我肯定要上大医院，大医院的技术，包括护理程度都不一样。

社区卫生服务机构发展的瓶颈究竟在哪里？“不放心”，是记者在采访时听到最多的一个词。

【同期声】市民：不知道他们看得好不好，反正没去看过。

市民：大医院设备全，检查还好，社区医院不行。

市民舍近求远，放着家门口的社区医院不去，“挤破头”也要去大医院排队看病的原因，就是认为大医院设备好、专家多、更可靠。还有市民表示，社区医院里的服务项目根本不能满足他们的需求。家住惠农区安乐桥的魏女士，在安乐桥附近经营一家旅社，与她家一门之隔就有一家社区卫生服务站，可是她却坦言压根就没去看过病。

【同期声】魏女士：这家社区卫生服务站主要是中医，一般不想看中医的就得去大医院。

一些社区卫生服务站工作人员自己也说，社区卫生服务机构与大医院相比，技术力量和医疗设备相对薄弱，提供的服务难以满足居民的需求，这是不争的事实。

【同期声】大武口区永乐社区卫生服务站工作人员：我们目前只能做肌肉注射，静脉输液要求得比较严，我们没有无菌间和操作间，没法来做这些工作。

平罗县唐徕社区卫生服务站建于2005年8月，为东苑、鑫盛、唐徕三个社区的居民提供基本公共卫生服务。

【同期声】平罗县唐徕社区卫生服务站工作人员：我们在辖区给居民建立健康档案，实行跟踪随访；同时通过全科诊室和中医诊室诊疗活动，筛查我们片区内的居民，给他们建立慢性病档案，一个是高血压，一个是糖尿病，筛查出来就纳入我们的规范管理。

除了为居民提供类似医院的服务外，社区卫生服务站还与大医院建立了医疗转诊平台，可随时请大医院专家前来会诊，这应该可以保障居民得到及时和准确的诊疗服务。但这一系列优惠举措，并未让社区卫生服务站赢得居民的青睐。

【同期声】市民：社区卫生服务站让我转档案呢，我不转，我嫌麻烦！

除了不太了解社区卫生服务站的功能外，就诊时间上不方便，也常常影响着居民的就医选择。由于社区医疗卫生服务站采取的是 8 小时工作制，这就把许多需要就近就医的居民挡在了门外。

采访中，大武口汉唐社区的何师傅说起社区医院是满腹的牢骚。

【同期声】何师傅：社区医院的技术水平还是不行，有的大夫只能看简单的病，有些病他也给你说不清。再一个他们时间也安排得不好，像测血糖就 10 号、15 号，那么几个时间，挺不方便的。所以就去周围的小诊所，都不愿意到社区卫生服务站去。

【同期声】大武口区永乐社区卫生服务站工作人员：因为我们有好多工作是要下去干的，如果把这个时间段错开了，我们自身工作就没法干，只有这样来协调做。

由于社区医疗卫生服务站基础建设、人才、设备和技术积累与大医院存在相当大的差距，因此，尽管石嘴山市各级政府对社区卫生服务机构的扶持政策一直没间断，但社区卫生服务站还是“火”不起来。社区卫生服务所倡导的“小病在社区，大病到医院，康复回社区”的医疗格局，也难以形成。

有意思的是，记者调查发现，一些私人开办的个体诊所，倒是门庭若市，甚至还有些外地患者也慕名前往。

【同期声】市民 1：大医院去过了，没有效果。

【同期声】市民 2：我一开始在医院看，还是咳嗽，又来这儿，看了两天就好了。

群众为什么对社区卫生服务机构缺乏认知，存有偏见？为什么大医院人满为患，老百姓得了普通的感冒都要大老远地跑去大医院排队？一直以来，在市场经济环境下，大中型医疗机构受到更多重视，基础建设、人才、设备和技术积累较好，造成优良的医疗资源集中在大中型医疗机构，而社区卫生服务机构专业人才与医疗设备缺乏的事实。不过，随着近年来医改对发展基层医疗卫生事业的重视，政府对社区卫生服务机构支持力度的加大，社区卫生服务机构的医疗条件与服务能力已有很大的改观。

如何让老百姓享受到真正便捷、优质、连续的基层卫生服务，更好地挖掘社区卫生服务机构的潜力，发挥其真正的基层作用，增加居民对社区卫生服务机构的信任度和利用率呢？

石嘴山市卫生部门负责人表示，让社区医疗服务健康发展，首先要取信于民。因此，完善社区医疗服务制度迫在眉睫。通过加强对社区卫生服务机构技术力量和资金的投入，让社区卫生服务机构和大医院各司其职，把康复期和小病小痛的患者留在社区接受护理，将重大病变或急症患者输送到对症的医院接受治疗。同时，规范医疗服务市场，调整好服务时间，也是社区卫生服务机构健康发展、真正为民众服务的重要前提条件。

此外，2014 年 5 月，大武口区还率先在石嘴山市引进民营医院——石嘴山福兴医院，创办了东胜社区卫生服务站，为民营资本介入本地公共卫生服务领域开启“破冰之旅”，探索着一种新模式。

目前，东胜社区卫生服务站 60 余名医护人员承担着周边 2.5 万名居民的基本公共卫生和医疗服务，政府通过购买服务、以奖代补方式给予补偿。大武口区创新管理，引进民营医院，打包解决了社区卫生站人、财、物等短板问题。

【同期声】市民：大的公立医院肯定是排长队，耽误很多时间，有的时候甚至排一早晨队还挂不上号，像东胜社区的民营医院，我们带孩子过来就很方便。

【同期声】大武口区东胜社区卫生服务站负责人：这个合作是双赢的，政府成立一个像我们这样规模的服务站，最少投入好几百万，还得解决十几人的编制问题。我们这个服务站服务两万多居民，要做好十二项五十二类公共卫生服务工作。

主持语：在社区内成立卫生服务机构，本意是解决居民看病难问题，为居民提供方便，可是从社区的门诊量来看，这项便民措施却没有达到预想的效果。居民也可以改改“有病必上大医院”的老观念，若能采取“大病大院治、小疾小所看”的方式，既可缓解医院的压力，也可让社区医疗资源得到合理利用，让为民措施真正达到为民之效。

（写于2016年）

深山气象站

主持语：今天是国际气象日，我们讲述的是两个平凡但又有着不平凡业绩的气象观测员。他们在贺兰山深处一个小小气象站里，日复一日地进行着气象测报工作，坚守和孤独陪伴他们走过了整整9个年头。气象站周围几公里都没有人烟，站里时常断水停电，冬天也没有暖气，他们是怎么面对这些困难，又是怎么在这里做到连续16次获得“百班无错情”奖的呢？

【现场声】顾建兵：（唱歌）透过开满鲜花的月亮，依稀看到你的模样，那层幽蓝幽蓝的眼神，装满神秘装满幻想……

解说：他叫顾建兵，是石炭井国家气象观测站的观测员，每天的测报工作结束之后，他就会对着一只叫“阿福”的狗开小型演唱会。

石炭井国家气象观测站建在贺兰山深处一座20世纪80年代的二层小楼里，这里条件艰苦，天气情况多变，人迹罕至。和顾建兵一起工作的另一个观测员叫姚淑萍，也是他的妻子。顾建兵和姚淑萍每天都要上报气象观测数据，维护仪器，观测记录风向、风力、雨量、温度、地温、蒸发量等气象数据，这是一份极需要细心、耐心的工作。

解说：每天8点、14点、24点，一天观测3次，收集上百个数据。除了在观测台上观测，天天面对满屏的数据，夫妻俩的性情似乎也被磨得与时光一样不紧不慢。但令人敬佩的是，这里的枯燥、乏味、孤独和寂寞，却从未消磨他们坚守岗位、默默奉献的信念。

解说：近些年，由于石炭井地区的区划调整，这里的常住人口越来越少，周边的日常生活基础设施也常常出现问题，观测站周围几千米范围已经没有人居住，就剩这个孤独的气象观测站和顾建兵夫妻两个人，吃水和用电成了最大问题。

【现场声】顾建兵：每次从石炭井找车送一车水来，灌到这个窖里面。因为2006年的时候，自来水就全部断了，就跟电一样，电是我们重新接的。每次停电就把发电机拉出来。2015年7月18日，停了20天电，两个发电机轮流转着，最后都给烧了。

记者：你自己修过这个东西吗?

【现场声】顾建兵：修，我现在都成了发电机的维修专家了，因为经常坏经常修。

解说：在这样艰苦的条件下，他们依然在岗位上坚守了9年，从来没有过怨言。因为观测站常年就他们两个人，最难挨的还是漫长的寂寞，到山上喊两嗓子，唱唱歌，成了顾建兵工作之余排解寂寞的办法，而阿福就是他的忠实听众和小伙伴。我们无法想象9年的时间，他们是如何坚持下来的。

【同时期声】姚淑萍：困难自己想办法克服。

解说：石炭井气象站尽管小，但事情却不少。有时候需要到市里和银川汇报工作，气象站里就只能留一个人坚守岗位。作为副站长的顾建兵就只能把妻子一个人撂到山上。

1997年，毕业于兰州气象学校的顾建兵和姚淑萍，被分别安排在原陶乐县气象局、同心县气象局从事地面测报业务。毕业一年后，家庭条件一般的顾建兵拿着3000元和姚淑萍踏入了婚姻的殿堂。婚礼很简单，没有办酒席，没有买像样的家具，甚至连结婚照两个人都没来得及拍就投入到了气象站的工作中。后来为了便于工作，组织上把姚淑萍也调到陶乐。结婚后，他们很快有了自己的孩子。2005年，由于工作调整，顾建兵和姚淑萍又带着孩子到了石炭井气象站工作。

【同期声】顾建兵：这是2006年我们一家刚来石炭井拍的全家福，到现在也就只有这一张，现在3个人走不到一起，再也没拍过。

解说：由于后来气象站周边的学校撤了，没办法，顾建兵就把孩子放在平罗让姐姐照顾，这一照顾就是6年。一家人聚少离多，对于孩子，夫妻俩心里有说不出的愧疚。

【现场声】姚淑萍：现在就担心这孩子，对老人对孩子我们是最亏欠的。从来都是别人节过完了年过完了，我们才能抽出一个人回去转一转。

【现场声】顾建兵：你不能老想那些不开心的事情，闹得人心情也不好，还不如天天想点高兴的事情，让自己心情也好一点，自己心情好了家人也跟着心情好。

解说：顾建兵说，这是他这么多年能开心的秘诀，也是他解决枯燥、乏味的方式，就在这时，外面突然响起了雷声。

【现场声】顾建兵:我们就看着，只要一响雷就得发报去。突然响雷以后，观测一下在哪个方向响雷，进来时我们要向银川发一份重要天气报。

解说：突然的响雷让顾建斌忘了他的锅里还炸着辣子呢。

【现场声】顾建兵：糊了，忘记了。

解说：马上到年底了，顾建兵趁着回局里汇报一年工作的机会赶回平罗的家看看儿子。

【现场声】顾建兵：因为没车，提前联系好一个摩的，给他打电话到气象站门口把我接上，到街上再坐公交车，公交车坐到大武口，要是回家，再从大武口坐到平罗，单趟至少得两个半小时。

【同期声】顾建兵:孩子一个人在家也挺可怜的,一个人在家,心里酸酸的。

【同期声】顾建兵儿子:爸爸妈妈工作都是为了养家，我也支持爸爸妈妈。

【记者问】想爸爸吗?

【现场声】顾建兵：我估计不想。

顾建兵儿子：想啊，为啥不想?

顾建兵：我也确实对你有愧疚，就是没有好好管你。

解说：半年了，顾建兵终于有时间回家看孩子了，父子俩聊了很多，这在以前这么多年是从来没有过的。当我们问到孩子新年的愿望时，孩子说，就希望爸爸能够多回来几次，一家人能在一起吃个饭。

【现场声】顾建兵：这是他最真实的想法。好了，爸就走了。你就好好的一个人，好好学习。好多事情过去了就不要去想了。钱给你放在这儿，你自己该花的花，不该花的不要花。

【现场声】顾建兵儿子：行。

【现场声】邻居：早晨8点才回来，现在咋就走了。

【现场声】顾建兵：嗯。

解说：匆匆回了趟家，顾建兵不得不再次上山。说到孩子，夫妻俩心里肯定都放不下。今年为了孩子考高中的事，作为母亲的姚淑萍有时候难免对丈夫有些情绪。

【现场声】姚淑萍：献了青春献子孙的事就你能干。

【现场声】顾建斌：咱们能克服的就自己克服吧。

解说：有困难自己克服，这就是顾建兵夫妻俩在深山气象站9年的真实写照。扎根深山，与风雨相伴，与寂寞相依。他们已经9年在工作中没有出现任何差错，连续获得了16个测报“百班无错情”奖，顾建兵也荣获“国家优秀测报员”称号，被宁夏气象局破格晋升为大气探测工程师，他还被评为石嘴山市第四届敬业奉献道德模范。这是顾建兵的荣誉，也是国家和社会对他们夫妻坚守在大山深处默默工作的激励。

主持语：值得高兴的是，今年顾建兵一家终于在深山气象站里过了一个团圆年。我们的节目尽管到了尾声，但顾建兵、姚淑萍夫妻俩扎根深山、勤恳工作的事迹仍在继续。他们记录的不仅仅是一些枯燥的数据，而是可供全国交换的气象资料，关系到经济建设甚至是国家安全，用他们的话说：苦一点，累一点，值得！

（写于2016年）

文明在手上

——记环卫工人的一天

主持语：倾听历史回响，记录时代足音。今天，我们要讲的是这样一个群体。她们身上的工作服表明了她们共同的身份，她们常常因为这份工作而根本顾不了家。今天，就让我们一起去看看被称为“城市美容师”的环卫工人。

【现场声】环卫工人：往下赶么，赶着让它往下流。

解说：大武口区青山环卫中心的环卫工人，正在用力地清扫刚刚下过雨的路面，因为这条路上没有下水道，路上积水很多，她们得赶紧把路上的积水清理掉，不然会给过往的行人和车辆带来不便。

【现场声】环卫工人：就愁下雨，一下雨就要刮水，水都是从那边扫下来的，没有下水道。

解说：这条路是连接市区和外面的主要道路，车流量和人流量很大，要全天保持这条路的干净整洁，对于青山环卫中心的环卫工人来说确实不是一件容易的事。朱文凤，46岁，干环卫工有10个年头了，现在的她是青山环卫中心网格的管理员，也就是环卫工人常喊的“朱班长”。她带领70个环卫工人，负责着朝阳街以南、贺兰山路以西的道路卫生，看似管的人多，可是分到每条路上的环卫工人也就两三个。朱文凤除了要打扫自己那条路，每天还必须要巡查她管辖内的网格道路卫生。

【现场声】环卫工人朱文凤：注意一点那个水坑，一直要有人守，别有人有车掉里头了。

解说： 据我们了解，想要把朱文凤管辖的道路走一遍至少要半天的时间，因为天气原因，朱文凤说她要加快速度，不然今天的工作该完不成了。

解说： 下午 5 点半，跟着朱文凤来到了大武口区的解放西路，她说这个路段是让她最放心的了，因为负责这个路段保洁工作的两位环卫工人，都有着十几二十年环卫工作经验。

解说： 张长淑，今年 51 岁，在环卫工人的岗位上工作了 23 年，和她搭伴儿的崔亚清今年 53 岁，也干了 13 年的环卫工人，两个人搭伴儿也有十年的时间了。她俩现在要趁还没到下班高峰，街上的人和车相对较少的时候，赶紧清扫。按照她们扫地的频率，我们粗略地估算了一下，一个小时之内至少要挥舞扫帚上千次，还要将垃圾倒入就近的垃圾箱里。

解说： 这些垃圾箱是为市民准备的，但在实际生活中，却有一些市民喜欢“偷懒”。

【同期声】环卫工人崔亚清：有一些市民在果皮箱跟前都不往果皮箱里扔，就是往树坑里撂，还有一些店铺也往出扔东西，你前脚扫完了捡完了，后面又扔出来了。

解说： 忙乎着就到下班高峰了，路上的行人和车辆也越来越多，她们最担心的事情也随之而来。

【同期声】环卫工人张长淑：最怕遇到有些市民，不理解我们，不支持我们的工作。

环卫工人崔亚清：一说他们就说你就是干这个的。唉，我文化水平也低，人家要一说我就没有语言回人家了，有时候市民还说，要不糟践的话，你们不就失业了？

解说：不知不觉夜幕已经降临了，7 点多的大街上四处是饭后出来散步游玩的人群。而此时，张长淑和崔亚清才拖着疲惫的身体赶回家中。

解说：对于张长淑来说，23 年的环卫工作，让她对家庭有太多的亏欠。但让张长淑觉得最幸福的事，是自己的老伴和女儿对她的工作一直都很支持。回到家里，女儿已经把饭做好了。

【现场声】张长淑女儿：你们躲哪了？

张长淑丈夫：今下午的雨够大。

张长淑：就躲在随便哪个房檐底下呗。

张长淑女儿：那你今天下午和崔阿姨可忙坏了。

张长淑：有点累。

张长淑女儿：你们咋不休息一下？

张长淑：创城么，任务都很紧张的，全市都在积极努力，更何况咱们本身就在第一线。

解说：看着张长淑一家人幸福的样子，这一天的疲惫可能也随之而去了吧。

【同期声】张长淑丈夫：这工作总是要有人干，对不对？一人辛苦赢来万家清洁，所以我们都大力支持她。

张长淑女儿：有一年得了全国先进班组，妈妈上主席台作为先进代表接受献花，也是很骄傲的事情。

解说：为了更完整地了解环卫工人，我们和张长淑约好，早上 5 点半和她们一起赶到工作现场。

解说：5 点半就要开始清扫路面，张长淑 5 点钟就要起床，可是最让张长淑担心的事情还是出现了，外面正在下着大雨，不知道什么时候这雨才能停下来。对于张长淑来说，这不是什么好事，她们还是要在 7 点之前把道路清扫干净!

【现场声】环卫工人张长淑：这段时间的雨可多了，基本上天天下雨，下雨了环卫工作就不好干。

解说：还好，6点多钟的时候雨小了下来，张长淑和她的搭档崔亚清要加快清扫路面的速度，因为下雨增加了清扫的难度，耽误了她们的工作时间。

【现场声】环卫工人崔亚清：你看这都是店铺扫出来的，扔这儿就不管了，都不扔到果皮箱里面。

解说：一个小时的时间对我们来说很长，但对于张长淑她们来说过得很快，眼看7点多了，负责的路段也清扫完了，这时候她俩才想起来还要赶着去就近的免费早餐店吃早饭，再迟早饭就赶不上了。

【现场声】环卫工人张长淑：今天下雨了，平时这会儿早都干完了。

解说：以前，为了省钱，很多环卫工人都吃点自带的饼子，喝点白开水。从2012年3月1日起，石嘴山市开始实施环卫工人免费早餐政策，由政府买单，为环卫工人提供免费营养早餐。

【现场声】环卫工人崔亚清：开始吃了啊，我都饿了，着急了。

环卫工人张长淑：就是，我们得赶紧吃，吃完还要上路上去，今天都有点晚了。

环卫工人张长淑：这会儿咱俩不能聊了，赶紧吃吧，没有时间了。

环卫工人崔亚清：没有时间不能说了，到点了。

解说：忙忙地吃完早饭，张长淑和崔亚清又赶回她们负责的区域，继续进行道路的清洁工作。

解说：雨过之后天空更加透彻，当我们认为她们两个人会找个地方坐下来休息的时候，张长淑又打来水，开始清洗路边的垃圾桶和休闲长椅。虽然这条路并不长，但作为城市的中心街路，清理起来总是那么不容易。完成这道工序后，路面上又有了零星可见的垃圾。于是，张长淑她们两个人又拿起扫帚和簸箕，走走停停地清扫起来。看来，环卫工作确实是一项坐不住、闲不得的流水作业。

【同期声】环卫工人崔亚清：一年365天，习惯了，像她（张长淑）都干这行二十多年了，我也十几年了。有时候俺俩早上扫完了，我让她回头看看，我说你回头看看咱俩扫的这路多亮啊！

环卫工人张长淑：打扫得干干净净的，让城市干干净净的。

解说：一个上午，她们俩就这样在不停地走动与挥动扫帚中度过，这就是环卫工人平凡的一天。据了解，石嘴山市现有环卫工人1700多人，人均清扫面积11066平方米，平均年龄在50岁左右。由于环卫工作劳动强度大、工作时间长、工资待遇也比较低，许多年轻人都不愿从事这项工作。但是环卫工人又是城市中不可或缺的一部分。

【同期声】市民：环卫工人付出了艰辛和努力。

市民：我们也挺感谢他们的，为这个城市做了这么多。

解说：关爱环卫工人，珍惜环卫成果。他们穿梭在街头巷尾，用辛勤和汗水擦亮了我们的城市，也让我们更加深刻地感受到，城市环境卫生的维护不仅仅需要环卫工人的清扫，也需要大家一起努力。有了清爽宜人的城市环境，生活才会更加美好！

结束语：在我们的镜头里，环卫工人的形象是伟大的。但我们只是想把平凡人不平凡的故事告诉大家，让大家也体谅这些可爱的劳动者们背后的艰辛，呼吁大家注重对城市环境的保护，也为我们创建文明城市贡献自己的一份力量！

（写于2017年）

柔弱铁肩，撑起残家 18 年

——道德模范周淑琴侧记

解说：和许多神华宁煤集团的矿工家庭一样，丈夫陈志民在石炭井矿上班，妻子周淑琴在家照顾一家人的生活起居。然而，周淑琴面对的却是一个特殊的家庭。

1998 年，23 岁的周淑琴经人介绍，认识了丈夫陈志民。童年就失去父亲的周淑琴原本想从新组建的家庭中得到更多关爱，没想到这家的状况糟糕得让她始料未及。公公体弱多病，在家休养；婆婆患有精神病，经常有伤人、自残行为；大姑姐患有家族遗传性精神病，大伯子患有病毒性肝炎，小叔子手脚残疾，生活不能自理。

【现场声】周淑琴给小叔子洗脚，问：烫不？

周淑琴小叔子：不烫。

【同期声】周淑琴：热水洗一洗他这个（腿），揉一揉，（腿）还好一点。

解说：嫁给陈志民后，周淑琴没有清闲过一天。每天天不亮就要起床，给公公、婆婆、大姑姐做好饭后，开始喂小叔子吃饭，经常自己顾不上吃一口又要清洗婆婆弄脏的衣裤。尽管每天悉心照顾全家的衣食起居，但患精神病的婆婆对这些没有丝毫的记忆，病发作时还会打骂周淑琴，她胳膊、额头上的伤痕落了一层又一层。

【同期声】周淑琴:(婆婆)平时过来过去搡我一把,或者用眼睛瞪我一下,或者是抠我一下。我怀着老大六个月的时候,她(婆婆)把我从院子里台阶上一把搡了下去。

解说: 2000年,周淑琴的公公因脑梗住院,又查出患了食道癌。时间不长,脑溢血又引起偏瘫。接下来的3年,周淑琴奔波于医院和家之间,每天只能睡4个小时,为瘫在床上的公公喂吃喂喝、擦屎端尿。

【同期声】陈志民:我跟她结婚18年了,她不嫌弃我妈,不嫌弃我弟弟,我们一家人她都照顾着。我父亲在的时候她也照顾着。

【同期声】周淑琴:有好心人,大家都伸出手帮我一把。

解说: 2002年,离异后无人照顾的大伯哥又查出患有肝癌,周淑琴毫不犹豫把他接到自己家,精心照顾。大伯哥经济条件不好,周淑琴掏出不多的积蓄全力为他看病。丈夫陈志民每月收入只有1000多元,要维持一大家人的生活,还要经常买药,家里日子过得捉襟见肘。

即便这样,周淑琴也从不计较,每天无怨无悔地照顾着这个家。然而,2006年丈夫陈志民又被查出患有肝炎,这消息就像一个噩耗,给这个原本就贫穷的家再次蒙上了阴霾。一次又一次的生活打击把周淑琴逼到了崩溃的边缘,她不止一次想到了死。

【同期声】周淑琴:有段时间我也有病了,老公公也去世了,大伯哥也有病了,那是最难的时候,我就觉着我一个人就撑不下去了。

解说: 那年,周淑琴的大儿子9岁,小儿子才3岁。重压之下,她一病不起,但仅仅在医院住了3天,周淑琴就拔掉针头、擦干眼泪再次选择坚强。面对丈夫有病不能累着、营养要跟上,婆婆、小姑子、小叔子都需要人照顾的现实,她坚韧地咬紧牙关挺住。多少年来,她每天天不亮就起来,忙活一家人的早饭，送走上班的丈夫和上学的孩子后，再把饭菜端到婆婆和小叔子面前。等一家人都吃完轮到她常常是锅冷菜凉。一日三餐，里里外外，她没有停歇的时候，认识周淑琴的人，都劝着让她离开这个家。

【同期声】周淑琴：后来有个朋友对我说："小周，我觉着你在这个家太累了太苦了，不行趁现在你身体还好一点，离开他们家，把孩子带上，我帮你带（孩子）也行。"

【同期声】陈志民：她跟我生活这十几年来，我觉着挺愧疚的，穿没穿个像样的，吃没吃个像样的，无怨无悔，一直照顾着我们这个家，这点我挺感谢我媳妇的。

解说：2007年，大伯哥去世，留下一个女儿，由周淑琴代为抚养，加上自己因车祸去世的大哥留下的女儿，周淑琴要照顾的人更多了。2009年，在石炭井焦煤公司的帮助下，周淑琴带着儿子搬到了位于石嘴山市大武口区丽日五区的廉租房里，孩子上学有了着落，周淑琴却比以前更忙更累了。丈夫单位体恤他们一家人生活艰难，就让周淑琴到矿工服务中心干些缝补、倒水的活儿。周淑琴每天凌晨3点多起床，5点多坐车去石炭井上班，工作之余照顾婆婆、大姑姐、小叔子。等到忙完当天的事情，她睡觉都在11点以后了，这样的日子每天如此、周而复始。

在周淑琴的默默付出下，这个家悄然改变。然而没过多久，不幸又再次降临，周淑琴被查出患了肾结石。医生建议她先用药物治疗，可她明白，家里的经济状况已不再允许她花钱了，所以那段时间周淑琴就拼命地喝水来排石。周淑琴生活节俭，别说花钱买药，她平时给自己连一件衣服都不肯买，多年来唯一添置的一件衣服也只花了18块钱。

【同期声】陈志民：我感觉我这一辈子都欠着我媳妇的，感觉她跟着我受了特多苦和累。为了这个家，她付出了这一生。

解说：周淑琴细心照顾家人的点点滴滴，深深影响着她的两个孩子。两个孩子学习之余经常也会帮妈妈做一些力所能及的家务，尽管家里不宽裕但也其乐融融。

【同期声】周淑琴儿子：心疼，每天帮我洗衣服、做饭，撑着我们这个家庭。

【同期声】记者：你觉着怎么做才能帮助妈妈？

【同期声】周淑琴儿子：好好学习。

解说：2014 年 3 月，因腰痛复发，周淑琴从楼梯上摔下来，腿和头受了伤，正常倒班的工作做不了了，她又靠打零工贴补家用。

【同期声】邻居：（这个）媳妇是天天两头跑，早晨着急慌忙地上来了（来石炭井），到下午还得下去南沙窝看孩子。一般的人真坚持不到这样。

解说：转眼 18 年过去了，岁月的艰辛悄悄磨蚀着周淑琴不再年轻的脸庞，而她那颗善良坚定的心，却始终没有改变。

结束语：周淑琴在艰难困苦的 18 年中，用柔弱铁肩撑起家庭的感人事迹，让我们感受到了一份强大的亲情的温暖，一份执着的孝道的力量。同时，面对家庭的种种困难和不幸，她不抛弃、不放弃，对生活充满热情和信心，勇于担当，用青春和大爱为一家人撑起一个爱心港湾，让孝亲敬老的中华传统美德，激荡在我们的心田，呼唤我们共同行进在家庭美德与文明和谐之花盛开的路上。在这里，让我们再一次祝福周淑琴，也祝福这个家庭。

（写于 2018 年）

四十年村医路

开篇语：40年寒来暑往，40年雨雪风霜。为了给乡亲们看病，她踏遍了村里的沟沟坎坎，走遍了村里的每户人家，一颗纯朴的心炽热而滚烫。她用生命坚守着乡村医生的神圣使命。2014年12月，她荣登“中国好人榜”，她就是村医——徐秀芹。

【现场声】静安村的路上徐秀芹老伴骑着电动三轮车

解说：画面里骑三轮车的老头叫刘进忠，今年已经65岁了，后面坐的是他的老伴儿，叫徐秀芹，是宁夏惠农区静安村的一名村医，今年62岁了。现在她正要上门为那些行动不便的老年人，测量血压并进行健康指导。

【现场声】徐秀芹上门给村民看病。

记者：徐大娘，像这样大爷带你出去出诊，有多长时间了？

徐秀芹：载我出去五六年了。

记者：都是他带着你去的？

徐秀芹：嗯。

记者：有没有碰到天气特别不好的情况？

徐秀芹：有呢。

徐秀芹：有的时候碰到大风，有时候下雪。

解说： 徐秀芹所在的静安村，现有 9 个生产队 1400 多人。除了农忙时节，平时村里大多数村民都出去打工了，留在村子里的大多是老年人。徐秀芹的名字，不管是在留守老人的口中，还是在走出去打工的村民心里，都代表着一份平安和踏实。

【现场声】徐秀芹给老人讲平时的注意事项。

徐秀芹：饮食上要多注意点，盐要吃淡点。

病人：盐少吃点。

徐秀芹：嗯，像你高血压，盐要少吃点，糖（水）也少喝点。

【同期声】静安村书记周永善：作为一个村医，不计报酬，能做到这一点很不容易。

解说： 20 世纪 70 年代，由于条件有限农村很多妇女都是在家里生孩子。为了应对突发病患，村里选了几个结过婚的，去市里大医院学习接生技术和妇幼保健知识。

【同期声】徐秀芹：那个时候当村医，要求必须学会接生，因为一些乡村离医院远，农民的生活条件又差，农村生娃娃的，没办法去城区医院。

【同期声】徐秀芹老伴刘进忠：她干这行就是为了给村里这些有病的村民服务。

【同期声】村民 1：她人很好，经常来给我们检查。

村民 2：她人品好，医术也还好。

村民 3：确实不容易，她干了 40 年了，现在她也有病了。

解说： 当时，村上选了三个人去学，徐秀芹就是其中之一。那个时候她才 20 多岁，二儿子也才刚出生 5 个多月，徐秀芹放下孩子，服从村上的安排，走上了学医的道路。

【同期声】徐秀芹的大儿子刘建华：弟弟刚生下 5 个月，我妈就去市医院学习去了，（老二）吃羊奶长大的。

【现场声】徐秀芹：这是我 23 岁那年，全班同学跟市医院的领导一起照的结业留念。这是 24 岁那一年，我到妇幼保健所学习接生。

解说：1975 年，在石嘴山市第一人民医院学了一年半的徐秀芹回来，成为了村里的一名村医，负责给村里的产妇接生，给村民看病、普及健康知识。也就从那个时候开始，不管是寒冬、酷暑，白天、夜晚，下雨还是下雪，徐秀芹总是随叫随到。

【同期声】徐秀芹：第一次接生时有点紧张，产程不知道，娃娃多长时间能生下来，到什么时候消毒，都不知道。通过学习，我慢慢都掌握了。

记者：你大概接生了多少个孩子？

徐秀芹：至少都 500 个孩子了。

解说：后来由于医疗改革，村里的卫生室只作为村民的基本医疗保障，没有什么经济效益，和她一起学习的两个人都不干了，只剩下徐秀芹一个人，而她这一干，就是整整 40 年。

徐秀芹说，40 年的村医，最辛苦的不是给村民看病，而是有些时候一个月在家待不了几天，甚至有的时候过年都不能好好陪家人。

【同期声】徐秀芹：就是觉得有点亏欠，那时候也没有对娃娃重视，老伴儿也是，40 年跟着我没少受苦，我天天忙，家里活儿都是他干。

【同期声】徐秀芹老伴儿刘进忠：她总是忙，我也有发脾气的时候。

解说：一上午，徐秀芹只走了几户村民，像这样的巡诊，徐秀芹每年都要免费进行 4 次，每次巡诊都要走好几十户。巡诊完，她还要把村里一些孤寡老人和患老年病的村民的健康情况登记整理成册。

【同期声】徐秀芹：去过最远的，就是跨村接生。

刘进忠：她有病走不了，我非得送着她走，有些老年人，来不了村卫生室，就要下去（去村上）。

【现场声】徐秀芹和老伴正准备吃午饭，一位老太太来看病。

病人：你看我这眼睛，左边眼睛有些看不着。

徐秀芹：拿棉签洗，棉花棉球消毒。

病人：多少钱？

徐秀芹：不要钱，你拿去洗。

解说：40年来，徐秀芹始终坚持定期巡诊，自己都不知道走过多少路，骑坏了多少辆自行车。现在已经62岁的徐秀芹，尽管7年前不幸患上了慢性肾衰竭，但仍然坚持定期巡诊，每次都是她老伴儿骑着电动三轮车带着她去，因为她自己实在是骑不动了。

【同期声】徐秀芹：1998年查出来我心脏不好，后来肾衰竭，渐渐就走不动路了。现在的状况，比没透析之前稍微强点，走路还能走动。

【同期声】徐秀芹老伴儿刘进忠：尽力照顾着，能看好最好。

【同期声】徐秀芹大儿子刘建华：现在要是光指望干村医那点工资，根本不够她吃药看病化疗的。

【同期声】徐秀芹：我一辈子这个性格，闲了还闲不住，只要能动弹，闲不住。

解说：经过短暂的治疗，徐秀芹坚决出院回家，医生护士劝她再多治疗几天，可她总是说："村里人还等着我去给他们看病呢。"

【同期声】徐秀芹：刚得病的时候，我就觉着，别人来找我出诊，虽然车子骑不动，我就推（车子去）。

徐秀芹老伴儿刘进忠：她这样整整坚持40年了。

解说：刚吃完午饭，没等休息一会儿，徐秀芹就接到一个电话，说市第一人民医院中午有讲肾病预防的医学课。她想去听听，回来了好给村民们普及。

【现场声】徐秀芹在市第一人民医院听课现场。

解说：像这样的医学课，徐秀芹知道了都会去听，虽然现在她每周要忍受两次血液透析带来的病痛，但还是坚持去学习。从市医院听课回来，徐秀芹有些累，但还没来得及休息，又来了一个看病的村民。

【现场声】徐秀芹看病现场。

解说：如今，徐秀芹由于病痛，再也不能像年轻的时候，骑着自行车穿梭在乡间小路了，但是每次多了她老伴儿的贴心陪伴，现在徐秀芹每次出诊，都显得格外开心，仿佛又回到了年轻时代。下午，新建的村卫生室显得格外安静，但屋子里面的村医——徐秀芹，她那颗装着村民病痛的济世之心依旧炽热而滚烫。

【同期声】徐秀芹老伴刘进忠：只要她想干的，我得支持她。

徐秀芹儿子刘建华：她那个性格强，除非她走不动，一步都走不动，那就是没办法了，只要她有一点劲，她非得去给村民看病。

徐秀芹：病人来了，好像自己（病情）也不管了，能扛一天就扛一天。

解说：一天下来，我们看到村里的卫生室来了三个看病的。徐秀芹免费送给其中一个老人一包棉签，另外两个病人总共花了 26 块钱，其中有本来属于她的医疗服务费 4 块钱，她也没收。算下来，徐秀芹一天的收入就只有 22 块钱。现在每个星期两次透析的自费部分就要 300 多块钱，一个月下来医疗费就要 1300 多块钱，而政府每个月给村医的补助不到 1000 块钱，挣的钱连支付医药费都不够，这中间她个人为村民看病又垫了不少钱，但是徐秀芹从来没有想过放弃干村医这行。她一直坚守在村里的卫生室，坚守着她的村医之路。

结束语：我们看到，一个平凡的妇女，默默坚守着村医之路40年，虽然现在的徐秀芹身患重病，但心里依然惦记着村民的健康。在这里我们也衷心希望，有关政府部门或集体多关注村医的现状，让他们在这条路上走得更远、更幸福。

（写于2017年）

爱的传递

——记“饺子嫂”赵晓东

开篇语：我们总说“远亲不如近邻”，可曾几何时，挨门挨户的邻里成了最熟悉的陌生人。但在我们身边，却有这么一位邻里交口称赞的好心人。尽管她是个残疾人，却多年照顾家有困难的邻里，大家都亲切地称她“饺子嫂”。今天，就让我们走进她的故事。

【现场声】赵晓东：李虎，我是赵阿姨，你把门开开，慢一点不要着急，我们等你。

解说：她叫赵晓东，看着她上楼费劲的样子，我们心里着实有些不忍，但这就是她平日里真实的生活，她要给同是残疾人的李虎送一盘刚煮好的热饺子。先天残疾的李虎今年29岁，从小就不会走路，一直由姥姥照顾长大。快80岁的姥姥现在身体也不方便，大多时候他吃的都是咸菜、馒头。

【现场声】赵晓东：他就吃点咸菜、馒头、饼子，家里又没钱，这馒头都干成这样，还吃。

解说：能吃上热饺子一直是李虎的心愿。赵晓东知道这个情况后，每次包饺子做好吃的，就赶紧给同在民乐小区的李虎送去。

【现场声】赵晓东：高姐，我给李虎送饺子来了。这次饺子比较多，他一顿肯定吃不完，麻烦你今天晚间给他吃一顿，明天中午再给吃一顿，这事我就交给你了，拜托你了。

解说：像李虎这样的重度残疾，想自己出去是根本不可能的，能够到外面看看是他最大的心愿。2013 年的夏天，在大家的帮助下，李虎终于有机会出去看看，知道了湖是什么样的，闻到了花的香味儿。

【同期声】赵晓东：我就让我们家那个推着他，我们就直接上那个公园。

解说：看着赵晓东拄着双拐做这一切开心的样子，我们都无法想象她是怎么走过那些曾经灰暗的日子的。

2006 年的一场车祸，使她左腿残疾。突如其来的变故，让她接受不了，经常想着要自杀，女儿的多次劝慰才让她又恢复了对生活的信心。

【同期声】赵晓东：有一天孩子就说，那你想死你就去死吧，你死了我就没有妈了。你躺在这，我放学回来还能叫一声妈，我孩子那阵刚初三嘛。

解说：女儿的话让她拄着拐杖站起来了。同时，社区志愿者的爱心帮助也让她性格变得开朗，对生活更有信心了。社区的志愿者主动找她聊天，鼓励她，帮助她解决生活困难。了解到她歌唱得好，志愿者就鼓励她参加专门为残疾人服务的艺术团。在演出中，她不仅找回了自信，也认识了更多和她一样的残疾人朋友。每逢节日，她都会买来肉馅，把他们叫到家里来一起包饺子，庆祝节日。

【现场声】赵晓东：这叫柳叶饺，你看好看不，漂亮不？这些都是我们工人街社区的工作人员，还有志愿者包的，每年一到包饺子的时候，都过来给残疾人包饺子。

解说：出了锅的热饺子，赵晓东都会最先端给小区的残疾人，像李虎，像王丽玲，他们都是最让赵晓东惦记的人。

其实对于赵晓东一家，一年也吃不上几次好的。因为残疾，赵晓东享受了政府的低保政策，但为了上大学的女儿，她还要和丈夫一起摆地摊，日子过得也紧巴巴的。但是一想到自己受到好心人的帮助，一想到比自己更困难的王丽玲，她觉得自己更应该帮助他们。

【同期声】赵晓东：每年到这个日子都必须要去做，要是不做，我这心里就特别不落忍，我自己就不舒服，就是我必须要这么做。

解说：王丽玲瘫痪在床已经 5 年了，除了左手能动，脖子以下其他部位都没有知觉。丈夫弃她而去，一提起赵晓东，想到她送来的热饺子，王丽玲有太多的话想说。

【同期声】王丽玲：赵姐包饺子好吃，而且我吃赵姐家东西我也吃惯了。赵姐好像就是亲姐姐一样，姐姐给送点东西当然高兴了，其实就是这样的。

解说：在赵晓东眼里，王丽玲其实是一个特别坚强的女人，依靠每月 560 元的政府低保，供养着上大学的女儿，女儿不在的时候，王丽玲最大的帮手就是身边这一根 2 米多长的竹竿。

【现场声】我这个（竹竿）什么都能用，够点吃的，我直接就拿过来了，这不就挺方便。我以前晚上不开灯，（现在）我灯都能够着，能开灯了。

【同期声】王丽玲：你看谁来了都觉得我心态特别好，心态特别好完全就是因为他们，他们让我踏实，再说现在这么多志愿者，都对我挺好。我以前哪有报纸，我天天电视一直都开着，睡觉的时候都开着，什么都没有就瞪着电视，看着电视睡觉，电视一关我就睡不着了，现在电视我不到下午都不开。有时候想想他们给我说的话，想想他们的事，看看报纸，这一天我可忙了。那两天我没给我家女儿打电话，我们家女儿问我忙啥呢，我说我也不知道忙啥呢，一天可快了，一晃就到晚上了。

解说：在王丽玲心里，她早把赵晓东当成了亲人。一有时间，赵晓东就过来陪她聊天，给她唱歌，这让王丽玲心里总是暖暖的。

解说：看着她们露出开心幸福的笑容，我们也从心里升起了一股暖流。对于赵晓东，虽然也曾经历不幸，但社区热心人的帮助让她找回了生活的勇气；而对于李虎、王丽玲他们，又在赵晓东的爱心帮助下，解开心结，过上了快乐、自信的生活。

一碗饺子，一首歌，像赵晓东一样，我们生活的这个城市里，有许多身穿红马甲的爱心志愿者，是他们，正在用自己的行动温暖着我们，为我们传递着爱！

结束语：我们看到，“饺子嫂”赵晓东的爱心，带动了更多的志愿者参与关爱活动。也许就是说一会儿话，也许就是唱一首歌，都能给他们带来生活的信心和温暖，也为我们创建全国文明城市增添了一份爱的力量。

山里人“转身”记

——别了，大山深处的家

主持语：倾听历史回响，记录时代足音。今天，让我们一起走进宁夏南部的大山深处，去看一看移民搬迁故事。

出字幕：山里人“转身”记——别了，大山深处的家。

【现场声】大山空镜，村部人声鼎沸。

解说：这是宁夏隆德县大山深处的一个偏远村庄——边庄村，8 月 22 号的这一天，边庄村村部显得格外热闹，一大早村民们都纷纷赶到了这里，等着领一个很重要的东西——“移民证”，因为有了这个移民证，他们就可以移民搬迁了。

解说：2011 年，宁夏党委、政府出台了生态移民搬迁计划，要把宁夏南部的人们搬出山区，因为那里地广人稀、山高坡陡、高寒缺水、交通闭塞、水土流失严重。为了恢复山区的生态环境，固原市隆德县的 5 个村有 126 户 480 人要在 8 月 24 号那一天，移民搬迁到 400 多千米以外的石嘴山市大武口区沐恩新居。这个时候一些村民领到了移民证，紧接着他们最期待的就是能抽到好的楼层。

【现场声】工作人员：家里有 60 岁以上老年人、残疾人的，优先给分配一楼，就在这个地方站队，把移民证、户口本拿上。

朱维雄：604，看，抓得好吧！

解说：刚抓了房子号码的这个人叫朱维雄，已经38岁了，是边庄村的会计。要说也是村里的一名干部了，可一听说移民搬迁的政策，就和家里人商量着要移民搬迁，今天虽然运气不好抓了个六楼，但是朱维雄还是很高兴。

解说：朱维雄忙完登记的事，没有急着赶回家报信，而是来到了村部，他要把村里的财务账本整理好，因为几天后他就要搬走了。

解说：忙完村部的事已经到中午了，朱维雄才赶回家，看到家里的人已经开始收拾搬迁的东西了。朱维雄是家里的老大，父亲和母亲今年都已经60多了，父亲的身体还算硬朗，母亲患有高血压和心脏病，因为忙着搬迁的事，他的母亲病了，现在在家里还输着液。

【同期声】朱维雄母亲丁春花：我着急得很，心里想还是搬了好，待在这里不好。

解说：几天前，朱维雄的姨妈从甘肃专门赶了过来，她听说姐姐一大家子9口人都要移民搬迁了，想着走之前和姐姐再说说话，因为不知道下次再见面是什么时候了。

【同期声】朱维雄姨妈：（姐姐）有病了，我来看一下，她要搬走了，做为姊妹，心里还有些挂念。

【现场声】记者：早早都把自己东西收拾好了。

朱维雄女儿朱小玲：昨天收拾的。

解说：说话的这个小姑娘是朱维雄的小女儿，叫朱小玲。大儿子正在西安上大学，小玲今年就要上初二了，因为整个家要移民搬迁，小玲也要从这边的学校转到移民新家的学校。现在小玲心里有些着急，她想早点搬过去，因为她的大部分同学已经移民去了新学校，开始上课了。

【现场声】记者：想去那边（移民新居）吗？

朱维雄女儿朱小玲：想，这边没同学了，我同班同学都不在这儿了，都在那边了（移民新居）。

解说：移民政策有规定，移民搬迁的家畜要么卖掉，要么送给亲戚朋友，朱维雄家里的牛羊大多都已经卖掉，就连家里存的粮食也都提前卖了。

【同期声】记者：家里的东西都要往过搬吗？

朱维雄父亲朱志军：搬不了，能拿的拿上，剩下的都撂这儿。

解说：现在剩下的就是朱维雄的小女儿朱小玲在家里养的这只小兔子了，雪白雪白的小兔子很招人喜欢，小玲已经养了好几年了，要走了，没办法，小玲也只好把心爱的小兔子送给亲戚。

【现场声】记者：小兔子平时你喂吗？

朱维雄女儿朱小玲：我跟家里人都喂。

记者：兔子不让带吗？

朱维雄女儿朱小玲：是呀，所以只能送人了。

解说：23 号一大早，朱维雄家里的一些亲戚都赶了过来，因为今天搬迁的车队就要来了，家里一些能用的东西都要往车上搬。

解说：朱维雄的家里来了很多帮忙的亲戚，这个时候我们看到朱维雄的父亲站在那里不知道该干点什么。

【现场声】记者：有想过这辈子能搬到楼房里面住吗？有想过这一天吗？

朱维雄父亲朱志军：没想过，都是共产党（的政策）好，不然我估计一辈子就在这里了。

【现场声】记者：你自己家里东西准备好了吗？

朱维雄：我的还没收拾呢，先把别人家的东西搬上车。

解说：朱维雄所在的山河乡这次有 47 户 182 人移民搬迁，是 5 个乡里人数最多的，这个时候村民们都急着往车上搬东西，现场开始拥堵了起来。

解说：因为朱维雄曾经是村干部，在他的指挥和调解下，搬迁的秩序渐渐恢复了正常。这个时候，朱维雄家里的东西也准备得差不多了，可是搬迁的车却迟迟没到，这让老爷子有些着急了。

解说：下午 4 点多，搬迁的车辆终于来到了朱维雄的家门口。

解说：8 月 24 日凌晨 5 点，隆德县移民搬迁的货物车队首先出发，早晨 8 点，移民的 15 辆大巴在隆德县城也集体出发了。历经 8 个多小时，460 多千米的行程，下午 4 点多，15 辆大巴到达石嘴山市大武口区沐恩新居。

【现场声】记者：下一步怎么打算的？

朱维雄：暂时先把家安好，再做下一步打算。

解说：小区里噼里啪啦的鞭炮声响个不停，移民们都在忙着放鞭炮、贴对联、搬东西，也许今天对于他们来说就像是过年了吧。

主持语：我们看到朱维雄一家从大山深处移民搬迁到了 400 多千米以外的新家，他们生活的环境发生了很大的变化。面对这些变化，一家子人的生活又会有怎样的改变？今天，就让我们一起去看看他们在城市里安新家的故事。

解说：正向我们走来的这个人是朱维雄的母亲丁春花，她正要去小区旁边的超市买些生活用品，超市离小区不到 300 米，比起在老家上趟超市，这里可要近得多了。

【现场声】记者：在老家（隆德）那边去趟超市大概有多远？

丁春花：老家那儿远，有两千米路呢。你这菜咋卖着呢？

菜贩：生菜 3 块（一斤）。

丁春花：你这菠菜咋卖着呢？

菜贩：菠菜 3 块（一斤）。

解说：移民之后，每次买菜丁大妈都嫌菜太贵，不知道该怎么买，家里的开销也比老家多了一些。

【现场声】记者：菜贵吗？

丁春花：贵着呢。

记者：比起老家（隆德）贵吗？

丁春花：老家（隆德）的菜便宜一些，这地儿的菜贵。

解说：以前在隆德老家，朱老爷子和丁大妈还是家里的主要劳力，老两口种着二十几亩地，维持着一家人的生活。移民到了这里，地没了，所有的生活支出都只能依靠家里人打工挣钱。

【同期声】丁春花：这儿住的地方我看着能行。

朱志军：我们老两口（在老家）还算是主要劳力呢。

解说：虽然当地政府在搬迁之初，给他们每人发放了一些生活的必需品，但长期的生活支出，还是要由移民自己来想办法。

解说：已经60多的朱大爷刚搬到沐恩新居就向社区申请了小区安保的工作。

【现场声】记者：干得怎么样呀？

朱志军：还可以，自打搬迁上来第三天我就来这儿干了，能把我们老两口养活住。

记者：在这边上班累不累？

朱志军：工作要求不能闲着，就是要一直转着看看。

解说：虽然一个月1000元的收入不多，但朱老爷子还是干得很认真。

【同期声】朱志军：这门卫的活年轻人都没人干，像你们这样的年轻人停车，懂事一块钱还给着，不懂事的嘴里还骂着呢，让把杆子抬起来，这气我还得受。

解说：小区安保的工作虽然挣的钱不多，但对于朱老爷子来说也是一份重要的工作。

【同期声】朱志军：在这儿把福享了，一年下来一千元（暖气费），按这个下来比农村便宜，俺在老家一年起码得两吨多碳（煤），得两千多元三千元，这就省了一半多。在这边一到家就暖和着呢。

解说：宁夏针对大武口区的移民，实施的是劳务移民政策，当地政府会对所有搬迁的移民集中进行培训，以增加他们的就业机会。

【现场声】朱维雄：一般就看一下上客人的时候，人不要超载就行了，电梯不要有卡的现象，不要有响的声音。

解说：朱维雄经过参加各种招聘活动，最后在大武口区的一家火锅城干起了楼层的安保工作，从一开始的每月 1000 多元到现在每个月固定收入 2500 多元。

【同期声】朱维雄：去年过完春节，人家店里招聘，我们自己找过来的。老爷子一个月下来 1000 块钱，我媳妇拿 2000 多块钱，我现在也拿 2000 多块钱，一个月下来收入就是 5000 到 6000 块钱。

解说：当我们问起，到这个地方一年了有没有再想着回去时，朱维雄一家都显得很坦然。

【同期声】记者：你会想那边（隆德）吗？

朱志军：不想。

记者：那现在过来这边你觉得后悔吗？

朱维雄：不后悔。

朱维雄：下一代住到这儿来肯定比那边强点，咱们得按着下一代的思路走，不能光想着自己，别把下一代给耽误了。

解说：政府帮助他们搬出大山，住在楼房里，但是将来移民如何致富还是要依靠他们自己。

【同期声】朱维雄：只要自力更生，现在这个社会怎么都能活好，你要不自力更生，就是搬到北京城也一样过不好。

解说：在朱维雄的家里，我们看到每个人都在想着怎么为这个家多分担一些。如何让未来的生活过得更幸福一些，将会是他们长期要解决和面对的实际问题。

【同期声】朱维雄：跟着人家（政府）大方向走啊！

结束语：一家人住在城市的楼房里，生活的环境变好了，可随之而来各方面的压力增加了。但在他们一家人的身上，我们看到的是他们对将来生活的期望，更多的是他们一天天为自己的生活而努力着。我们也衷心地祝愿他们，能够在这里稳稳地致富，幸福地生活下去。

（写于 2013 年）

我们有了“村监会”

主持语：在石嘴山市大武口区的潮湖村出了件新鲜事，以王进兵为首的3个人组成“村监会”，专门监督村书记和村主任的工作，这让我们感到很好奇。这里又有些什么故事呢？今天就让我们一起走进潮湖村，看看“村监会”的故事。

【现场声】王进兵：实事求是地说，没按照我们的程序做。

一队队长：什么程序？

王进兵：我们村监会监督村两委拉田，但是到目前为止，村两委没人，你给村主任打个电话，叫他赶紧让村两委来人，否则这个田拉完了，没人确认这个东西。

解说：说话的这个老头叫王进兵，60多岁了，他是大武口区潮湖村村民选出来的村民监督委员会主任，委员会还有陶长信和张怀义两个委员。今天村里要对一队沙湾的玉米地重新进行测量、备案，村监会对关系到村民切身利益的土地测量工作进行全程的监督，可是在测量的现场王进兵发现只有村里的测量人员和一队的村民，却没有看到村两委的干部。老王提出了质疑。没办法，一队队长杨学江打起了电话。

解说：因为土地测量是村里的大事，不单单是某个队上的事，也不单单是村监会的事，村两委必须要派村干部到现场参加测量工作，测量的时候要是有问题现场就要提出来，不然后面出了土地纠纷就不好解决了，确认测量没问题就绘制成图纸备案。这个时候等不及的老王给负责村里土地测量工作的村干部打起了电话。

【现场声】王进兵：喂，严主任，这个确权拉地的工作这么重要，你说现在你们村两委一个人都不来，那后面出现问题谁担当呢？无论如何，村两委得有人在这里。我们只是监督，这是我们的职责，现在这个程序不对，你快点来。

解说：打完电话老王才知道，负责土地测量的村干部腿摔伤了，来不了了。没办法，村里又派了一个村委员来现场，参与土地的测量工作。

解说：村委员吴立忠的到来让停止的土地测量工作又恢复了正常。老王和另外两人组成的村民监督委员会，就是负责对村委会的权力运行进行监督。老王告诉我们，下午还要去村里盖的居民小区潮湖雅苑看看，因为住房也关系着村民的切身利益。

【现场声】陶长信：29 号楼质量问题是外墙线条不直，窗台外沿高，雨水往室内流，流不出去。

村书记：现在都完工了，还是这个情况？

王进兵：现在还没整改呢，29 号楼。

解说：潮湖雅苑是潮湖村按照国家鼓励发展城中村的思路，村里出资建设的幸福村庄工程。这个地方老王和另外两个村监会委员经常来，每次来都会挑出工程中出现的一些问题。工程快完工了，这次老王专门把村书记和村主任也喊到了工地，老王说有些问题需要在工地现场给村书记和村主任说说。

【现场声】村监会委员：我们查看出来的就是，外窗台比内窗台高。

村书记：是的，现在只有个别的窗户是平的。

解说：老王和村监会的两个委员发现了房屋的外窗台高于内窗台，这要是下雨了，雨水根本流不出去。老王督促村两委赶紧拿出办法，让施工方尽快解决这样的问题，不然老百姓都不愿意住进来。

解说：在潮湖雅苑幸福村庄的建设中，王进兵的村监会发挥了非常重要的作用，从建材的采购、具体施工到房屋建成后的分房摇号等，王进兵他们进行了全程的监督，不仅监督了工程质量，也切实维护了村民能住上放心房的愿望。

解说：2012 年潮湖村通过村民选举产生了村民监督委员会，王进兵被选为主任，当时村民都对这个组织寄予很大的希望，但王进兵本人对村民监督委员会能否干好、能否得到村民的认可，心里也没有底。

解说：为了促进村监会的工作，街道办事处对村监会成员进行了培训，老王也彻底明白了村监会的职责。

【同期声】王进兵：只要是集体的钱，每花一分，你花到哪个地方了，都要监督你公开，贴到公布栏上，这是我们的职责。

解说：潮湖村的集体经济发展很快，这让老王明白村里的“三资”管理是重点，于是村监会对村里的“三资”进行了全面彻底的清查，并将清查工作向群众公开，接受村民的监督，给村民交了一本满意的“明白账”。从此，村民们有什么事都会给村监会说。

【同期声】王进兵：不合理的事情，我们该拒绝他们就拒绝，只要老百姓认可我们，我们就有了方向，胆子就正了。

解说：村监会除了监督村两委的日常工作外，还会列席村两委会议，对各项村务进行监督，并负责接访，向村两委提出工作建议。村监会把征地拆迁、粮食直补等涉及村民切身利益的事项作为监督的重点，彻底纠正村两委负责人碰头决定或少数人研究决定的做法，促进了村内事务的规范运行，从源头上预防和遏制村干部腐败行为的发生。

【同期声】王进兵：我一个农民，没想到现在有这么大的权力，这说明我们的社会进步了，说明我们老百姓有了权利了。

村党支部书记：村监会代表群众监督我们村委会的决策执行，有力地促进了我们工作的公开、公平、公正。

解说：村监会的成立使村务更加公开透明，管理更加规范，但作为一个新鲜事物，村监会还在一步步探索和完善之中。就在这探索和完善的过程中，我们希望多出现一些像王进兵这样的人，他的直率和认真让大家心生敬意。

【同期声】村党支部书记：对村民来说，（村监会）起到了很大的作用，有啥事由他们先出面监督，群众都放心，这是个好组织，拥护这种组织。

结束语：村监会的出现，成为了潮湖村村两委和村民之间的调节剂，从源头上消除了这里的不稳定因素，有效地促进了村里的和谐与稳定，让我们为这样切实为百姓谋福祉的新生事物点个赞吧。

老兵王富国

开篇语：我们常说，岁月静好的背后，是无数人在负重前行。他们历经寒霜，换来我们春暖花开；他们“一家不圆”，只为“万家团圆”。他们有着一个共同的名字——军人。今天，我们和大家分享的是一个老兵——退伍军人王富国的故事。

【现场声】（王富国深夜帮忙送孕妇）（敲门声）

王富国：谁呀？有什么事啊？

罗大妈：我是三单元罗大妈，快开门，出大事了。

王富国：大妈，有什么事您慢慢说。

罗大妈：我家秀兰预产期到了，白天还好好的，半夜突然肚子疼得不行，现在家里也没个男人，咋办呢，麻烦你帮个忙行吗？

王富国：救命要紧，赶紧走。

解说：2008年冬天的一个深夜，熟睡的王富国被急促的敲门声吵醒。原来，邻居的儿媳即将生产，请他帮忙把孕妇送到医院。他二话没说，将孕妇一路安全送进了手术室，直到孩子平安出生后才拖着疲惫的身躯放心离去。

眼前这一幕对王富国来说很平常，但如果我们不深入了解，没有人知道，面庞黑瘦、腿脚不便的王富国竟然有着一段传奇壮烈的经历……

小片花1：好男儿立下报国志

解说：王富国出生在吴忠市金积镇黎花桥村。作为农家孩子，王富国一直怀揣着大学梦。然而，1983年7月的那场高考，让他与大学失之交臂。未来该何去何从？村里的民兵营长给王富国指了一条路：当兵。

1983年10月3日，经过严苛的体检和体能考核后，王富国参了军。他一路西行，来到了一个基地。在基地里学习有“两大怪”：“一怪”是不许问学这些是干什么的；“二怪”是学习内容只能脑记不许手记。每天除了要记忆枯燥的术语、符号、字母外，还有一项实操课：穿着厚重的防护服进入一个很深的地下工事，读取并记住那里的仪器仪表盘上的数据，而且必须严守保密条例。

几个月后，王富国和另外8名新兵随着带队班长再次出发，目的地是一望无际的荒滩戈壁。在一处山体转角处，班长扒开几个草垛，露出了一个地坑，招呼大家进去休息。王富国不知道，从这一晚开始，他将在这样的地方待上1000多个日日夜夜。

这处营地俗称“地窝子”，是他们用来学习、睡觉、训练的地方。训练的第一课是穿防护服，24小时戴口罩，然后步行十几千米做试验。厚重的防护服不透气，每次训练结束后都能倒出半靴子汗水。就这样，日子在试验、跑步、练记忆力中循环往复。

终于要大试验了。一声巨响，瞬间地动山摇，热浪、粉尘扑面而来。紧接着，指令来了！穿着防护服的王富国立即向检测点奔去，漫天的粉尘遮蔽了眼前的景物，却丝毫未能阻止他训练有素的脚步。爆炸后的空气热得烫人，防护服内的高温可想而知。王富国大脑一片空白，只有两条腿在用力地奔跑。当他取回设备、报出准确数据时，这才知道，自己竟参与到了关系国家命运的大事里，这是多么光荣啊!

【同期声】王富国：作为军人来讲，服从命令，听从指挥，再艰苦也要勇往直前，要发扬一不怕苦、二不怕死的那种革命精神，去战胜困难，战天斗地，争取更大的胜利。

小片花 2：卫边疆作战上老山

解说：因为表现突出，王富国在部队入了党，并担任班长。一天，紧急命令下达，抽调王富国到老山前线执行任务。

老山那里层峦叠嶂，一年四季雨雾蒙蒙。王富国和战友们在人工掏出的“猫耳洞”里休息。住“猫耳洞”最怕下雨,用不了半天洞里便蓄积了很深的水，战士们只能泡在水里。不仅如此，由于卫生条件差，污垢、盐分和汗水长期积累在私处无法清洁，导致细菌滋生，一种名叫“烂裆”的病迅速蔓延。这种病奇痒难忍，溃烂流脓，动一下就会被与血水粘连的衣裤磨得生疼。

在如此险恶的条件下，王富国和战友们克服了重重困难，以常人难以想象的毅力完成了一次次侦察任务。一次，王富国带着 5 名士兵执行完侦察任务返回时，被敌人一处暗火力点偷袭，2 名战友牺牲了。王富国强忍泪水，伺机反击。敌人步步逼近。近了！更近了！王富国听着自己“咚咚”的心跳声，大喊一声“打”！

【战场声音】（王富国和战友进行战斗）（枪炮声）

【同期声】王富国：我们当时和对面敌人的距离，近的也就 50 米，远的有 150 米，所以说谁露头就打谁，人家露头我们打人家，我们露头人家就打我们。但是咱们中国人民解放军打仗的时候，宁死不丢阵地。

解说：敌方被火力压制，但甩过来一枚手雷，又炸倒一名战友。见此情形，王富国端起枪猛地扫射，敌人受伤了，可王富国的右腿也中弹了。危急关头，我军的援兵赶到了，敌军见势不妙掉头想跑，王富国不顾枪伤爬起来又一阵扫射，干掉了5个敌人后，自己也倒下了……后来经战地医院治疗，王富国腿部子弹及脑部的弹片被取出，并于1988年3月随部队撤离战区。

小片花3：守纪律无悔做奉献

解说：由于王富国参军入伍多年，战绩突出，被授予三等功和“战斗英雄”的称号。1988年7月，他被确认为提干对象，填写了相关表格。在此之前，他回家探亲时和一个名叫杨富的石嘴山姑娘确立了恋爱关系，他感到美好的未来正向他招手。然而，命运就是这么捉弄人。10月的一天，在一次试验中，王富国突然晕倒。他并不知道，长期的试验已经侵害了他的身体，此时，他的身体状况已经不允许他继续在这里服役了。出院后，一心等待提干命令的王富国等来的却是——退役。

命令要求，王富国要在退役前培养一名接班人。在平常人眼里，这命令是如此“不近人情”，可王富国却不折不扣地执行了。他没有一句怨言，接到命令后用半年的时间一丝不苟带队伍，倾尽全力培养接班人。

1989年5月，带着一床被子、两身衣服、420元复员费和粮票，以及写着“王富国同志为国防建设做出了重要贡献，商请地方政府予以妥善安置”的介绍信，王富国悄无声息地来到了石嘴山。

根据他的身体状况，石嘴山市民政部门协调原石炭井区政府给他安排了一个门卫工作，他也和杨富喜结连理，一切似乎渐渐好了起来。然而，命运对这个好人的考验却远没有终止。上班不久，王富国的头痛症再次发作，且一次比一次强烈，尤其是到了晚上，脑壳像要爆炸一般。“不会是还有弹片没取出来吧？”深知自己病因却基于保密纪律从未告知家人的王富国暗自想。他请假去医院做检查，医生给他开了止痛药。可这些止痛药作用不大，王富国的头痛越来越难以忍受，疼得无法入睡，只能“砰砰”撞墙缓解。

【同期声】王富国的爱人杨富：说疼就疼，后来身上就慢慢有点烂，一个个小点点，跟脓包包似的。他也不给我说（原因），我也不知道这个病是咋来的。

解说：艰苦的部队生活让王富国疾病缠身，因为看病，他不得不三天两头请假。本因享受退役军人的优抚待遇，但他不愿因个人原因影响单位，主动辞去工作，自谋出路，边打工边看病。

【同期声】王富国打工现场（工地机械声）

工头：王师傅，注意安全，身体不好就回家休息。

王富国：好的。

解说：打工挣点钱，王富国就到医院看病。然而，医生不知道他的病因，因此治疗没有效果。对王富国来说，曾经在某基地参加试验的经历是一个不能说的秘密。直到有一次去西安求医，王富国遇到了曾经的战友，在战友的帮助下，他顺利做了手术，这才告别了折磨他 5 年之久的头痛之苦。

小片花 4：乐助人老兵葆本色

解说：此后，战友们凑钱帮王富国买了一辆出租车。开上出租车的那天，王富国告诉自己：“虽然脱下了军装，转变了角色，但是共产党人为人民服务的初心不能丢。”

【同期声】王富国：退役之后，作为一个党员，我继续发扬部队上那种光荣传统，继续保持军人本色。虽然说我身体不太好，但退伍不褪色，自强不息这种精神我还要有。

解说：每当遇到有人需要帮助时，王富国会毫不犹豫第一时间伸出援手。下水勇救落水儿童、帮残疾乘客搬重物、为创建全国文明城市劝导多起不文明行为……似乎，做一个好人，已经融入他的血液中，深入他的骨髓里。他捡到的现金、手机、钱包等不计其数，追上失主的原物奉还，找不到失主的则送到派出所。送的次数多了，以至于王富国所在的出租运输公司和不少派出所都挂上了很多面感谢他的锦旗。不仅如此，每年高考期间，王富国还自发开展“义务送考”活动，免费接送高考生，很多“的哥的姐”纷纷效仿，规模越来越大，活动也越来越规范。这种爱心接力传遍石嘴山，广受市民赞誉。

【同期声】市民许利明：退役老兵王富国，充分展示了退役军人不忘初心、永葆本色、无私奉献的优良品质和良好的精神风貌。我觉得他的事迹，值得我们每一个退役军人、机关干部学习、发扬和传承。

【同期声】王富国的儿子：当听了他的事迹之后，我觉得他非常伟大，我觉得他能做到的事情，我也可以做到，所以我就报名参军了。

解说：王富国的出租车里里外外总是擦得很干净，他说：“出租车是彰显城市文明的窗口行业，乘车环境的好坏直接影响整个城市的服务形象。”由于服务优良，他的出租车被石嘴山市运管局两次评为“四星级出租车”，他也先后获得全区优秀共产党员、“最美大武口人”等荣誉称号。

【同期声】吴锁（石嘴山市委常委、石嘴山军分区政委）：我们都要以王富国为榜样，保持革命军人的本色，牢记革命军人的义务和职责，为我们这个美好新时代，做出应有的贡献。

结束语：尽管命运多舛，但王富国始终默默坚守对党忠诚、为国尽忠的初心，在内心树立起一座军人应有的精神丰碑。退伍后，王富王仍然坚守“全心全意为人民服务”的誓言，做好人、干好事，并影响带动了许多人。他是一个平凡的人，更是一个高尚的人，是值得我们所有人，值得全社会去尊重、崇敬的人。在这里，让我们再次向王富国致敬，并祝福他：好人一生平安。

（写于 2018 年）

第二辑

风物记录

参加中央电视台“激情广场·走进石嘴山”拍摄活动

诗情山水

中国是一个诗的国度，漫天诗雨洋洋洒洒，浸润着每一片中华大地，身处西北边陲的石嘴山也不例外。在栉风沐雨的岁月中，或短歌，或长吟，流露出另一种风韵。

虽然这片土地上往来的多是荷戈之士，诗作的数量也不是很多，但这些诗歌就如同他们不畏艰难登临此地的脚步一样，尽管略显稀疏，却一样铿锵作响，震人心魂。

石嘴山，自古即为边塞征战之地，明《嘉靖宁夏新志》载："出银川北行三百余里，黄河岸边有一巨石，突出如嘴。"故名"石嘴子"，又名"石嘴山"。市域自秦汉时起就长期属于边塞要冲，随后在与周边少数民族的战争中几经易手，在《史记》《汉书》等史书中也留下了不少华章伟句。从历史资料上看，市域真正可考证的入诗时期不是在我们期待更早的秦汉时期，而是在我国的诗歌盛世——唐朝。也就是说，石嘴山的诗歌是伴着盛唐之音大步而来的。那么，为什么描写石嘴山的诗歌没有和史书中的记载同步，为什么市域最早入诗不是在秦汉时期呢？这是萦绕在我心头的一个未解之谜。而这个疑问也只能在今后的探索研究中加以考证了。

第一章　诗意萌动

带着这个疑问，我们迎来了赋诗长吟的大诗人——王维。或许是盛唐之音的四方远播，又或是诗人自己经历的机缘巧合，公元737年，善于描摹吟唱山水的王维，留下了他边塞之行的诗歌佳作《老将行》，其中有句云：

贺兰山下阵如云，羽檄交驰日夕闻。
节使三河募年少，诏书五道出将军。

据考证，这首王维早期的诗作中描写的战争场面，是唐王朝在贺兰山最北部与突厥等北方游牧民族之间拉锯战的真实写照。从地理位置上讲，石嘴山市域正是贺兰山的北起之地。贺兰山尽管多次入诗，而且所入诗作大都是不俗之作，但第一次写到贺兰山石嘴山段的，还是这首诗。因此，《老将行》为我们石嘴山市一入诗便营造了一种烽火兵戎的激烈场面。

自此之后，描摹石嘴山市域的诗作便与战争紧紧地联系起来。著名边塞诗人李益的《五城道中》,便记述了五城之一定远城（今平罗姚伏）的边城景象。

金铙随玉节，落日河边路。
沙鸣后骑来，雁起前军度。
五城鸣斥堠，三秦新召募。
天寒白登道，塞浊阴山雾。
仍闻旧军老，尚在乌兰戍。
笳箫汉思繁，旌旗边色故。
寝兴倦弓甲，勤役伤风露。

来远赏不行，锋交勋乃茂。

未知朔方道，何年罢兵赋。

烽火边塞是石嘴山在古代很长时期的真实写照。因此，不论是“大漠孤烟直，长河落日圆”（唐·王维）的伟岸豪迈，还是“贺兰山下果园成，塞北江南旧有名”（唐·韦蟾）的安宁乐业，都或多或少带有一丝战争后短暂的闲适之情。

岁月无声，一个地方的历史轨迹往往和它所属的这个国家的命运息息相关。随着唐朝的衰落，晚唐时期，石嘴山地区战火连连，此起彼伏，多种军事势力也此消彼长，反映在诗作中，以卢汝弼的《和李秀才边庭四时怨》（其四）最为生动、传神，也最为有名：

朔风吹雪透刀瘢，饮马长城窟更寒。

半夜火来知有敌，一时齐保贺兰山。

全诗格调急促高亢，我们不难体会到其时其地其人的艰难困苦，但同时我们也能感受到当地军民齐心御敌、积极乐观的英雄主义精神。从这个意义上讲，石嘴山市域内的军民在古时就有历尽战火洗礼而不坠其志的优良传统，这无疑也是中华民族民族精神的一个小小写照。

历史是一首首真实鲜活的诗，而诗又是一段段凝固在书页上的历史。自唐之后，五代十国、两宋，由于北方少数民族的强大，汉族政权的南移，石嘴山市域基本上为少有人烟聚居常驻的游牧之地。因此，有关诗作在这一时期了无生气，黯淡了许多。

岳飞词作《满江红·怒发冲冠》的问世，令时人及后世无不为之精神一振。

怒发冲冠，凭栏处、潇潇雨歇。抬望眼，仰天长啸，壮怀激烈。三十功名尘与土，八千里路云和月。莫等闲，白了少年头，空悲切。

靖康耻，犹未雪。臣子恨，何时灭！驾长车，踏破贺兰山缺。壮志饥餐胡虏肉，笑谈渴饮匈奴血。待从头、收拾旧山河，朝天阙。

明代沈际飞评此词：“胆量、意见、文章悉无今古。”清代陈廷焯《白雨斋词话》也对这首词推崇有加：“何等气概！何等志向！千载下读之，凛凛有生气焉。”

尤其“驾长车,踏破贺兰山缺。壮志饥餐胡虏肉,笑谈渴饮匈奴血”之句，可谓豪气干云、震古烁今，让贺兰山从此名扬天下。

岳飞的《满江红·怒发冲冠》堪称与贺兰山相关古典诗词的一座高峰，使绵延于石嘴山市域的贺兰山文化基因变得空前强大。

元朝礼部尚书贡师泰的《题杨德章监宪贺兰山图》是这一时期少见的诗作：

太阴为峰雪为瀑，万里西来一方玉。
使君坐对兰山图，不杀江南众山绿。

从这些诗意流淌的佳作中，我们深切体会到：在寻觅描写石嘴山的诗句时，千百年来，雄奇俊美的贺兰山无时无刻不作为当然的主角，体现其中。贺兰山，既赐予石嘴山一个神奇的名字，也是古往今来的诗人们诗意迸发的源泉。

第二章 诗风渐起

随着元朝的没落和随后中原王朝政权的不断南移，到了明朝，石嘴山一线成为了真正意义上的边境。因此，描写市域内战事、生活、民俗风情的各类诗作才大量涌现出来，而这些诗歌的涌现又是以更大规模的战争为背景展开的。

从入诗的时间上看，明朝时期石嘴山市域内平罗入诗最早。客观地说，石嘴山的历史在建市之前，在很大程度上是平罗的历史。加之平罗在石嘴山这一地区重要的军事、政治、经济地位，因此，这一时期的诗作中描绘平罗山水风物的也就多了起来。伴随着苍凉的边塞风光首先向我们走来的，是明朝边关主事胡琏，他低吟着《过田州城》一路而来：

漠漠寒沙雨浥平，青山淡淡野云轻。
孤城尽日鸣笳鼓，流水长年起稻粳。
春暖灏风消冻路，夜深燐火照荒营。
题诗欲吊英雄骨，把笔无言恨转生。

诗中的田州，正是唐代的定远城，故址在今平罗姚伏附近。从诗境看，那时的田州尽管依旧沿袭着历代的边塞之气，但已经难以掩盖其稻花飘香、物产丰饶的“塞上江南”意蕴了。这样的景象同样可以在后来驻守平罗的宁夏参将萧如熏的《秋征》一诗中得到印证：

新秋呈霁色，塞草正丰茸。
杞树珊瑚果，兰山翡翠峰。

不单如此，萧诗中还写到了当时枸杞在当地的生长情况，但当时是否像今天一样大面积栽种就不得而知了。诗中祥和平静的田园风光刚刚让人准备回味欣赏一番，但紧接着，诗的后两句则又回到戍边御敌的主旋律中来了：

出郊分虎旅，乘障息狼烽。
坐乏纾筹策，天下威九重。

时过境迁，萧如熏离开平罗20年后重游故地时，写下《登南门楼》以抒怀，诗中的景象和意蕴还是流露出对烽火未熄的点点惆怅。

再过危难地，风尘二十年。
闾阎曾不改，斥堠至今传。
对雪岚光近，瞻云树影连。
主恩何以报，登眺意茫然。

从史书上我们知道，现在的平罗在明朝时叫平虏，“虏”是当时汉族政权对鞑靼等少数民族的蔑称。那么，平虏的意思就显而易见了，连地名都透着征战的意味。明朝右副都御史杨守礼的《晚入平虏城》更是这一景象的佐证：

黄风吹远塞，暝色下荒城。
门掩钟初度，人喧鸡乱鸣。
胡笳如在耳，军饷倍关情。
惆怅浑无寐，隔帘山明月。

诗中描写了“远塞”“荒城”“胡笳”等一系列北方边塞特有的荒凉肃杀图景，让人读来不得不和诗人一样惆怅，只有把这种心绪寄情于窗外的明月了。

如今市政府所在地大武口，在明朝也在诗作中出现。大武口，在明《嘉靖宁夏新志》中称为“打硙口”，也是当时石嘴山市域内的一个重要关隘。因此，镇守此地的文武官员也多有题吊。明朝右副都御史杨守礼，在《入打硙口》一诗中写道：

打硙古塞黄尘合，匹马登临亦壮哉。
云逗旌旗春草淡，风清鼓吹野烟开。
山川设险何年废，文武提兵今日来。
收拾边疆归一统，惭无韩范济世才。

诗作表现了诗人对打硙口等三关废弃的感慨和收拾旧河山的决心。比杨守礼稍早一些，明嘉靖十六年（1537 年），以兵部尚书总制宁夏军务的浙江兰陵人唐龙，则记述了嘉靖十三年、十五年、十六年的三次大捷，地点就在打硙口，诗名为《打硙口之捷》：

月明胡骑遁沙场，诸路交驰羽檄忙。
共有肤功腾幕府，喜将三捷献明光。
帐前鹤唳榆阴碧，鞲上鹰飞草色黄。
闻道虏中饥食马，人人惊说汉兵强。

可以说，打硙口和市域内的其他边塞隘口一样，都是历史长河中一道独特的风景。而围绕着边塞生活所产生的诗歌作品，则为这道风景注入了更深层次的人文精神，增添了一抹抹灵动的亮色。

我们说了平罗，也说了大武口，那么，惠农入诗又是在何时呢？从史料上看，惠农以及原来的陶乐两地，在明朝时期都分属在几个地区辖治，且没有独立的地区建制。因此，诗作不多。这两地连同大武口、平罗等市域辖区，在诗作中的全部登台亮相，则要到了清朝。

第三章　诗话山水

清朝时期，市域内最先入诗的要数陶乐。陶乐一带在清朝时叫“横城”。横城古渡口是陶乐一个非常有名的古迹。值得一提的是，陶乐不入诗则已，一入诗就迎来了一位重要人物——康熙皇帝。1697 年 3 月，康熙皇帝亲征噶尔丹驻扎于横城堡，望着绵延的金沙和万顷的绿洲被一条长河南北分开，景色壮观奇特，据说康熙皇帝欣喜之余即兴在一面墙上写下了《横城堡渡黄河》一诗：

历尽边山再渡河，沙平岸阔水无波。
汤汤南北劳疏筑，唯此分渠利赖多。

康熙皇帝从山西到陕西已经渡了一次黄河，这次在横城堡渡河可就是“再渡”了。当他看到沙漠尽头的黄河边上竟然冒出大片绿色的田野，前后一对比，康熙自然会对宁夏引黄灌区的千里沃野更多了一份兴趣。因此，不但在横城渡口举行了祭祀黄河的仪式，而且在沿途的尧甫堡（今平罗姚伏）、哨马营（今平罗域内）、石嘴子（今惠农区）等处各宿一夜，留下了如康熙饮马湖等不少动人的故事。

雍正四年，即公元1726年，惠农也终于走进了诗人的视野。它的入诗和别处不同，是伴随着水利工程——惠农渠、昌润渠而为世人所知的。时任大理寺卿的通智受朝廷委派，实地勘察、率民开渠，历时三年，于雍正七年（1729年）建成两渠，一时君民上下欢悦，通智也挥毫写下了《昌润渠工竣恭纪》一诗：

黄河别派六羊通，石闸巍然跨彩虹。
激起众流增浪力，引开曲水灌田功。
川辉原润千村聚，野绿禾青一望同。
从此遐荒欢鼓腹，群歌大有慰宸衷。

参与工程的其他官员及宁夏地方人士也纷纷唱和。其中法海的七绝言辞清丽，颇值一提：

长堤一带柳毵毵，永字题桥闸有三。
若说田园更无限，风光谁亚小江南。

诗中一派沃野千里、谷稼殷实的繁荣景气，而今天平罗、惠农的许多乡镇村落也正是出现在此时。平虏所也在雍正二年（1724年）改名设平罗县。之后，经过几代的大量移民垦荒，乾隆年间，仅平罗县人口就达15.8万人，成为“宁夏巨县”。道光年间任平罗县知县的徐保字，在其诗《通润桥散步》中生动地描写了今黄渠桥一带的自然风光：

公暇揽幽胜，渠水跨土梁。
水田飞白鸟，野庙矗青杨。
小市不声散，空街夜色凉。
萧然尘外意，一曲在沧浪。

徐保字，浙江归安（今浙江湖州市）人，于道光四至五年和道光八年先后两次出任平罗县知县。史书中说他“以名孝廉”，“善诗文”，“修撰《平罗纪略》”等，为当地实实在在地做了一些好事。他的诗自然和当地现实的生活见闻、民情疾苦、山川景物紧紧地联系起来。其诗《初冬石嘴子作》中抒发了诗人为官一任造福一方的情怀：

西风残照马蹄风，客子天涯类转蓬。
十月苦寒边地早，一樽清话故人同。
碱滩霜落晴沙白，煤洞云开野火红。
报最自维惭抚字，乐偕田叟祝年丰。

徐保字反映石嘴山人民生产生活的诗作共有八题十一首，如《由灵沙村到庙台堡》《沿河闸》《昌润渠梢晚行》等均体现了上述的诗境特色。《沿河闸》一诗中这样写道：

万绿翳无际，沿堤客跨鞍。
平沙千顷阔，野水一渠宽。
老树拦危彴，孤禽没远滩。
耕氓方待泽，何以抚躬安。

在随后的诗作中，在市域为官和游历的文人也把更多笔墨和目光聚集到了对壮美河山的吟唱上。如王德荣的《河带晴光》《山屏晚翠》，以及蒋延禄、王以晋、张梯等人的《平罗八景》组诗，更是全景式地描绘了市域内的壮美山河，读罢掩卷仍觉着眼前风光流动，似有意犹未尽之感。

一曲河如带，晴光淡连天。
长虹占霁色，晓日散轻烟。
古塞风云净，春山草树鲜。
郊原浮润气，极望更苍然。
——清·王德荣《河带晴光》

而在《平罗八景》组诗中，更是勾画出“北寺清泉”“边墙晚照”“马营远树”“虎洞归云”“磴口春帆”“贺兰夏雪”“官桥烟柳”“杰阁层阴”等八处经典美景。其中，蒋延禄《马营远树》白描式的写法颇为传神：

深林掩映北山崖，一面河流一面沙。
绝好荆关图卷在，绿云天外白云家。

同是写《马营远树》，王以晋却赋以哨马营更现实的深意：

难辨唐家与宋家，旧时壁垒委黄沙。
不知多少英雄血，散向长林化晚霞。

诗作让昔日的兵营仿佛又回到了过去，回到了战火纷飞的年代。凭吊历史,让人们对今天的“长林晚霞”多少还心存些珍惜之意。这一点和张梯《边墙晚照》中的“而今西夏屋边患,只对斜阳作景看”有着异曲同工之妙。烽烟散尽,河山一新。

这一时期描写石嘴山的诗作尽管依然续写了一些古边塞雄浑悲壮的强音,但强度似乎正在接近尾声,我们看到的或者说期待看到的和平景象,正成为主旋律。郭鸿熙诗中的“村人倦倚苔垣坐,闲话桑麻夕照中”,以及张梯诗中的“轮蹄来往南北路,都在山城画里行”等诗句也正印证了这一点。毕竟此时清朝国土的边界又北移外扩了不少,石嘴山一下子从边塞变为内陆。这一变化大大地促进了本地农耕文明和运输流通乃至煤炭开掘的发展与繁荣,为今天石嘴山市的发展奠定了重要的基础。

诗海钩沉,时间就像诗人心里突然迸发的灵感一样,一闪就消逝在历史的浩海中,而留给后人的却不单单是对历史的追思和对前人诗作的赏析。历史如诗,诗如历史。留存至今的有关石嘴山山水风物的古人诗作,更像是吟唱石嘴山的一幕宏大乐章中不断跳动的音符,即使有的散落了,也一样奏出过美妙动听的乐曲。这些诗作作为石嘴山的古代文化遗产,不仅是石嘴山文化的有机组成部分,为近现代乃至当代石嘴山的文化传承和发展积淀了一笔厚重的财富,也为石嘴山过去的兵戈岁月,增添了强烈的文化色彩。

漫卷诗书,古人的诗作虽然已成为历史,却依然散发着诱人的诗香,历久弥新,熠熠生辉。

大武口凉皮

主持语：说到凉皮，宁夏的朋友可能都会说大武口凉皮好吃，凉皮店虽然都不大，但是名气却不小。甚至有人这样说："吃过大武口的凉皮就不想其他凉皮了。"这样一个普通小吃，为什么会受到人们如此的喜爱呢？

解说：在北京市朝阳区庆丰包子铺斜对面，有一家大武口凉皮店叫"零玖伍贰"，每天店里挤满了人。很多人来到这里排队，为的就是吃一口有地方风味的大武口凉皮。在北京人眼里，大武口凉皮是一种地道的风味小吃，颇受当地食客的喜爱。这么有特色的小吃，在网上自然也是被人们大肆追捧。网上热卖的大武口凉皮，让在异乡打拼的宁夏人吃到了家乡的味道，也让外地的人们品尝到了大武口凉皮的地方风味。

【现场声】北京零玖伍贰凉皮店卖凉皮的场景。

大武口嘛味凉皮店卖凉皮的场景。

解说：画面里的这个人叫余云业，她每天在这间不足 50 平方米的房子里重复着做凉皮的工作，辛苦却又充实。凉皮对于老余家来说，不仅仅是一种小吃，也是维系家人情感的纽带。

【同期声】余云业讲自己在大武口开凉皮店的故事。

解说：凉皮作为小吃，已有两千多年历史。相传，有一年陕西户县秦镇一带大旱，稻谷枯萎，百姓无法向朝廷纳供大米，有个叫李十二的用大米碾成粉，蒸出面皮，进贡给朝廷，秦始皇吃后大喜，命每天制作食用，从而形成了最早凉皮的雏形——秦镇大米面皮子。

【同期声】资深专业人员讲凉皮历史。

解说：凉皮历史悠久，在时间的长河中，不断被各地人民广泛接受，宁夏自然也不例外。看来人们对于美食的追求，是发自本能的一种行为。

解说：随着时间的流转，妇女们的巧手，让原本平凡的凉皮，变得花样繁多，大武口凉皮也是其中的一个分支。

【同期声】资深专业人员讲大武口凉皮的发展变迁。

解说：大武口凉皮，制作流程是很讲究的。凉皮选料精良，工艺严谨，调味讲究，以“白、薄、光、软、筋、香”而闻名。也正是如此，大武口凉皮的制作工艺不断改进，从石嘴山大武口传播到全国各地。

【同期声】食客：大武口凉皮和其他地方凉皮的区别。

解说：制作一种美味，可以说是想法和实践的结晶。最早的凉皮是由水稻磨成粉制成，俗称米皮。水稻做出的米皮口感较硬，所以人们后来选用小麦做原料，小麦做出来的凉皮口感较软，味道更好。有了好的面粉原料，制作流程的把握也是尤其重要的。

【现场声】店主讲凉皮的做法（和面—醒面—洗面—洗出面筋—沉淀洗面水—筛掉面疙瘩—没有杂质的洗面水）。

解说：和面是制作面筋和凉皮的开始，先把面粉倒入盆中，加入适当的水开始和面。

【同期声】店主讲和面。

解说：把面和好之后，就进入了制作环节的第二步：醒面。醒面时间的长短，也是随着季节的变化而变化。

【同期声】店主讲醒面（夏季多长时间，冬季多长时间）。

解说：接着就把醒好的面放入盆中加入适量的水。

【同期声】店主讲洗面（洗面水的颜色会逐渐变淡，把洗过的水倒入准备好的容器中）。

【同期声】店主讲蒸面筋（刚开始蒸面筋要用大火蒸,成形之后把火关小，蒸好的面筋切开呈蜂窝状）。

【同期声】店主讲蒸凉皮（之前留下的洗面水,经过几个小时的沉淀之后，把上面那层洗面水倒掉，留下经过沉淀的面浆，开始调试面浆的浓度。浆水的搅拌、浆水浓度的调试以及入锅的浆水的分布和火候很需要经验）。

【同期声】店主：把凉皮放到凉水里晾凉。

解说：凉皮制作完了，接下来就是拌凉皮了。由于每个地方的口味不一样，所以调料的分量和成分也不一样，大武口凉皮的拌法有它独到之处。

【现场声】东武楼店主:拌凉皮主要是对辣椒、盐、花椒、香醋量的把握。

解说：凉皮的调料水有 10 多种，分别是蒜汁水、花椒水、芥末水、姜水、酱油醋、味精水等。将这几种调料水混合在一起，再加上黄瓜丝、胡萝卜丝、香菜等配菜，一道可口的小吃就完成了。

【现场声】店主讲配菜有哪些、吃的人是订购的多还是来店里的多、谁去送怎么送、什么点钟店里人多等。

【同期声】食客讲为什么喜欢吃凉皮。

解说：凉皮的吃法也是多样的。一种是凉吃，也是最常见的，一年中的春、夏、秋三季均可；另一种是炒着吃，这种吃法多在冬季，但也有一部分人大冬天仍要吃凉的，喜欢的就是那个爽劲儿。第三种是把凉皮卷起来吃，人们称它为“卷凉皮”。第四种吃法是三种凉皮（高担皮、大米皮、擀面皮）

掺着吃。这个时候，再配一杯饮料，来一个肉夹馍，简直是绝佳的美食搭配，有吃有喝，舒舒服服。那分惬意，只有亲身尝试方能体会。

解说：在大武口吃凉皮，排队十几分钟能吃上都算是快的。每天凉皮店里都是络绎不绝的客人。来大武口旅游的人，走的时候基本都会给亲戚朋友带上几份凉皮，常常有人驱车横跨宁夏，为的就是吃上一口大武口凉皮，网上的订单更是不断。

【同期声】食客谈凉皮的吃法。

解说：凉皮吃起来酸辣可口，是西北地区群众最喜欢吃的小吃之一。不仅年轻人喜欢吃凉皮，老年人也很喜欢吃凉皮，尤其是夏天的时候，吃凉皮的人很多，凉皮已逐渐成为一些食客生活中不可或缺的一部分。大小凉皮摊上，总是人潮拥挤。而凉皮也因其投资小、利润大、回报快，成为小吃经营的主项之一。

【同期】食客谈凉皮口感如何，味道如何，工艺如何。

【同期声】店主：生意不错。

解说：大武口这个地方，并不被外人所熟知，但是提到大武口的凉皮，很多人都会赞不绝口。美味是不分地域的，只要好吃，人们就会接受它，甚至迷恋它。大武口凉皮因其鲜嫩、滑爽的好口感，被人们所追捧，无形之中成了大武口的美食标志。为了让更多的人吃上这道美味，大武口凉皮开始在网上出售，北京、上海、广州等20多个城市，都有一定的消费群。

【同期声】食客谈吃凉皮是否有营养。

店主谈吃凉皮的好处。

解说：在大武口，凉皮门店很多，知晓度较高的有三住宅凉皮、三栋楼凉皮、东武楼凉皮、姐妹凉皮、嘛味凉皮、四季旺凉皮，等等。这些店里的凉皮，风味独特，各有不同。

【同期声】店主认真对待每一天的工作（配乐轻松欢快）。

【现场声】看着每个顾客脸上灿烂的笑容，店主也很欣慰。

结束语：大武口凉皮吸取了各地凉皮的优点，从而形成了自己独具特色的地方风味，被人们所称道。凉皮最早只是一种简单的食物，随着时间的推移被赋予了新的意义，它已经从一种食物逐渐转变成一种饮食文化，让外界透过大武口凉皮，来认识这个城市，了解这里的风俗民情乃至发展变化。

寻味黄渠桥

【现场声】乡村＋集市画面（配宁夏耍歌曲）

这里是宁夏回族自治区平罗县的黄渠桥镇，一个清朝雍正年间兴起的古镇。因黄河水由惠农渠穿镇而过，渠上通润古桥横跨百年，当地人就把这个小镇叫黄渠桥。

每逢农历三、六、九，是周边村民来黄渠桥镇赶集的日子。祖辈都住在这里的马忠民也一早来到集市上，挑选他店里每天必须要用的鲜活食材——羊羔。

马忠民是宁夏非物质文化遗产黄渠桥爆炒羊羔肉的传承人，从父亲马少彰手里接过手艺有 20 多年了。

【同期声】马忠民讲手艺传承。

爆炒羊羔肉在宁夏各地都有，但尤以黄渠桥羊羔肉独具特色，知名度高。据《平罗食品志》记载：在民国时期，黄渠桥的忠兴饭馆、益顺居就有羊羔肉出售，马少彰老先生就曾在忠兴饭馆打过工。几代传承，正宗的黄渠桥羊羔肉在选材、用料和做法上都十分讲究。

今天集市上的羊羔，马忠民没选上中意的，就紧赶着到镇北边养羊大户的羊圈去选，不然今天的羊羔肉就没得卖了。

【现场声】马忠民边走边说选羊标准。

按心口相传的老规矩，选哪个羊羔用作食材，马忠民都得仔细观察、揣摩，亲手拿捏拿捏。但有一点是必须的：羊羔的鲜活和健康是第一位的。

【现场声】马忠民羊圈选羊。

一般选择 7.5 千克至 10 千克重的羊羔。羊羔太小，肉嫩无味；羊羔太大，肉老不嫩。

烹制一样美味，可以说是水与火的艺术。有了新鲜的羊羔肉食材，水的选取也很重要。这儿有一个不争的事实：羊羔肉只有在黄渠桥做出来才地道，离开了这儿的水土，就是不香。很多在外地开羊羔肉餐厅的人，甚至要专门来黄渠桥采购羊羔、拉水。

【现场声】找水井。

黄渠桥的水 pH 值比别处高，正好可以中和羊肉的膻味。这么多年，水还是那水，接下来，就要看厨师的火候、锅灶要得咋样了。

【现场声】介绍配料和调料。

饭口的时间到了，食客们闻香而来。来这儿的客人都不用点菜，只要说几个人，马忠民的黄渠桥爆炒羊羔肉就立即开炒了。

【现场声】马忠民讲做法（切肉—上油—炒肉）。

烹制黄渠桥羊羔肉，厨师的经验很重要。当地的胡麻油烧得滚烫，羊羔肉要一刀下去切成 3 厘米块，最关键的就是大火爆炒，让香味迅速进入肉中，保持好肉质的鲜嫩。

【现场声】做法（焖和烩）。

煸炒八分钟左右，等羊羔肉呈棕红色时，将现切的葱段、蒜苗、青椒和天然筋道的西吉粉条等辅菜放入其中，翻炒间顿时香气四溢。

黄渠桥爆炒羊羔肉同时还兼用焖和烩的手法，加上马忠民家祖传的秘制调料，浇上高汤，加盖焖烩大约20分钟，就可以出锅装盘了。

【现场声】出锅。

黄渠桥爆炒羊羔肉，色、香、味、形俱佳，堪称本地一绝。《平罗县志》里有诗赞誉："古城夜宵美食多，爆炒羊羔热门货。脆嫩香辣任品尝，深更夜巷唤开锅。"

【同期声】客人赞扬。

一句"美咂啦"，就是对马忠民和他的黄渠桥爆炒羊羔肉最好的评价。在几代传承人的带动下，现在黄渠桥沿110国道一线有数十家羊羔肉餐厅。南来北往的食客们——路过的、慕名而来的、回头客，都图的是吃一个正宗黄渠桥羊羔肉的好味道！

好味道是自然的，羊羔肉的营养也是实在的，《本草纲目》里也说，食之补气滋阴、暖中补虚、开胃健力。

最妙的是，黄渠桥羊羔肉配菜"老三样"——老豆腐、扁豆粉、山野菜，新鲜、爽口、干净，和地道的羊羔肉一起吃，荤素调和、营养搭配。再加上椒盐羊肝、面点糖麻丫、八宝盖碗茶，解馋、解乏，还舒坦。吃过的人都会在心里留下一种独特的记忆，忘也忘不掉。

一方水土，孕育了一方特色美食。原汁原味的健康烹饪，回归本真的平淡生活，黄渠桥爆炒羊羔肉，以它地道的营养和美味，将带给更多人独特的舌尖上的享受！

结尾：宁夏耍——最后来一碗盖碗子茶吆。

从口诀歌探究宁夏民间婚俗的承传

宁夏及周边地区历史上就是各民族聚居区。民间婚礼习俗互相借鉴，交相辉映，而且承传悠久。

在宁夏各地农村的婚礼上，总是能听到有老人在哼唱喜歌。以前比较多，现在虽然越来越少了，但依然觉得非常有趣，而且有一定的历史和文学价值。仔细翻阅《宁夏志》等史籍，才知道听了几十年的喜歌，就是西北地区长期沿袭和传承下来的“口诀歌”。这些“口诀歌”读来既朗朗上口，又生动有趣。于是笔者经常去农村的婚礼现场采访，通过搜集整理婚俗喜歌，挖掘出了宁夏回汉婚俗的一些轶事和史料，并在拍摄《宁夏回汉婚俗》纪录片的过程中，整理探究了回汉婚俗的传承脉络。

婚礼作为人生重要的礼仪，在民间不但形制完备，而且承传悠久，以纪录片的形式表现出来，非常有价值。

一、以跟拍方式再现民间婚前习俗

在前期选点采访的基础上，我们通过多机位跟拍的形式拍摄纪录片，真实记录宁夏及周边地区的一些婚俗仪礼，了解宁夏民间婚俗的特点。

民间成婚的过程较为简明、实际。通过媒人“提亲”，女方到男方家“看家”，然后订婚。订婚也叫“提盒子”。而在媒人提亲前，还要进行简单的合婚。俗话说：“天上无云不下雨，地上无媒不成亲。”合婚也是很长一段时期，宁夏乃至北方各地的一大婚俗。合婚先生常会这样说：“自古以来，儿女的婚事都是个大事，古人说得好，‘自古白马怕青牛，羊鼠相逢一旦休，金鸡不与犬相见，兔子见猴泪常流，蛇见猛虎如刀切，猿猴见猪一世愁’。”这在过去的合婚仪式中指的是属相配。当然，这些民俗过去比较流行，在现代文明的革新下，很多带有迷信色彩的民俗已经自然转化和消失，取而代之的是体现新风尚的良俗。

二、透过“口诀歌”探究迎娶婚俗的承传脉络

（一）迎亲的次序和习俗

尽管属相相配与否已经成为历史，今人大多已经不再按这一旧俗合婚，但一些良俗仍得以保留，比如“提亲”“看家”，直到“迎娶”。

姑娘出嫁时要用细白线绞去脸上的汗毛，叫“开脸”。这种习俗真可谓“忍痛拔毛”，新娘子疼痛得“热泪盈眶”。新娘要将辫子梳成“抓股子”，这是我国古代女子“笄礼”的一种遗风。“笄”就是簪子。古代女子到十五六岁，在头顶上盘成“发髻”用簪子冠住，表示成年，亦表示成为少妇去居家过日子。这在传统中式的婚礼上仍然比较常见。

迎娶时人数多，现场比较纷杂。男方要催妆，催妆者是新郎家派往新娘家来“执行任务”的，一是请新人早点上车起程，二是遇树、遇井等贴红纸条，保佑一路平安、万事顺利。贴红纸条这种古老的习俗，是“万物有灵”的原始文明的一种遗留。

迎亲的车里挂个筛子，表示经过千筛万选，才娶到这样美丽善良的媳妇。送亲者要给新娘包上妈妈亲手给做的馍馍，叫“离娘馍馍”：相依为命的女儿今天要出嫁了，虽然到了婆家，但能亲口尝尝妈妈亲手做的馍馍，便能寄托深深的母女之情。

婚车马上就到了，催妆者高呼：“新人上车！”这样新娘子就被迎娶到了男方家。

迎娶之前，男方家要进行铺床仪式，铺床者翻毡叠被挪枕头，表示一对新人成婚居家过日子。接着将枣子、核桃撒在炕上，让孩子们去抢拿，再在新人炕上的毡下边放一些，边撒还边说：“我翻毡你翻被，养的尕子丫头到处睡。双双核桃双双枣，跟的跟来跑的跑……”

（二）结婚时的口诀歌

民间结婚，要进行挑盖头仪式。这个风俗目前也有在婚礼上进行的，司仪会大声道：“拿起子牙钓鱼竿，挑起盖头把容颜观。新人好比织女星，来自天河瑶池中。青丝如墨染，抓股子嘟噜圆，容颜长得赛天仙。”（回族结婚也要进行揭盖头仪式，但必须是新郎亲手进行。）

婚礼现场有说喜歌者讨彩头。原来多为走村串户的艺人，现在则多是至亲好友，他们一般的口诀词是这样的：“一朵红花开，亲戚请出来，铺红毡放绿袍，新姐姐下了轿。下轿入洞房，宝斗好比四道墙，金银财宝内里藏，挂面好比一根线。新人今天才遇面，天上云彩风刮散，若要富门开，新姐姐带进来。种的麦子尖对尖，种的黄豆赛鸡蛋，堂屋窗子圈套圈，炕上铺的是撒炕毡。犍牛下的乳牛犊，梅花鸡娃子抱了两堂屋，铺红毯子挂红灯，洋戏匣子自鸣钟，叮叮当当响得怪好听。恭喜，贺喜，元宝垛起。招财进宝就在今日，今日今卯完婚就好，众位父老大家都好。”

也有主持婚礼的司仪说口诀歌，他们的喜歌多为祝贺之意：“双手推开门两扇，新郎一步到堂前，新郎给我打一躬，我祝新郎把官升，新郎身坐福位貌堂堂，喜气福气满四方。脸盆好比东江海，明明朗朗出水来。汗巾好比一条龙，摇头摆尾水中行。先净脸来财兴旺，后梳青丝有余粮。一梳者父子绕庭堂，二梳者麒麟送子降瑶香，三梳者夫妻二人拜花堂，四梳者花帐红喜四面张。手举宝斗入洞房，红梅绿竹万年长，喜今日洞房花烛，来年定生状元郎。”

白天的婚礼程序结束之后，晚上要进行拜四方仪式。古代时我国婚嫁多在晚上进行。据《酉阳杂俎》记载：“婚礼必用昏，以其阳往而阴来也。”司仪会说：“拜南方……，拜西方……，拜北方……”

晚上拜天地四方，显然是古老“婚礼必用昏”的延续。举行拜天地仪式后才算是真正的夫妻了。

民间婚俗礼仪一般进行三天，第二天要进行摆枣饭仪式。摆枣饭就是将婆家、娘家送来的蒸炸食品表扬一番。

摆枣饭口诀歌：“天上的轻气遮一栏，地下的凡人摆枣饭。舅妈的油股子炸得黄又黄长又长，婆婆每年家里能打万担粮。姨妈的手艺巧，这个席（菜肴）做得好：又不甜又不咸，十个碟子八个碗，厨师手艺学了个全，高帮盅子十样景，几只鹅鸭蹲得稳，粗泥盅子一沓沓，当中蹲的个母鸭鸭，盖碗子盅子扣得严，里头又放皮糖片，粗面子鞋毛线花，亲家奶奶穿上跐田坝，黄杨木梳一根柴，遇了个高手做出来，白米好比珍珠伞，拿到火房做干饭，说得好了大家笑，说得不好我讨臊。”

民间婚俗也有表针线仪礼，表针线是将娘家陪送来的衣物表扬一番。唱词里多有逗乐打趣的话语，往往引得恭喜者哈哈大笑。

表针线口诀歌：“说一个子，道一个子，今天我来表个针线子。炸油香摆馓子，好丫头嫁了个好汉子。喜事多来喜事喜，亲家高兴得捋胡子。新郎新娘暗害臊，心里头高兴得美滋滋。你们看，亲家母高兴的，嘴咧得像个鞋口子。布衫子白生生，羊毛毯子红盈盈，挺像是丈母娘的脸蛋子粉嘟嘟。丝布帮子千层底，丫头生来好手艺。千针万线纳帮子，点灯熬油纳底子。女婿子穿上跑生意，踏踏实实赚票子。绿袄子红边子,你们看,公公婆婆两个眼珠子瞪得好像个鸡卵子。”

三、良俗的沿袭和陋俗的淘汰

婚后第三天，要进行“认大小”仪式。新娘给长辈磕头认大小，长辈给新娘红包以示关怀。

司仪一般会说：“给你婆婆的眼睛磕个头，不磕了瞅你呢。给你婆婆的手指头磕个头，不磕了指你呢。给你舅妈磕个头，给你姑妈磕个头……”

婚俗仪礼是人类历史进程中的民俗产物，和其他的民俗一样，有良俗和陋俗之分。如旧时的换头亲、童养媳、休妻、叼寡妇等习俗，随着社会的进步，时至今日已彻底被废弃了。今日的婚俗制度，完全是新时代的自由恋爱结婚，不带有人为的强制性。但民间一些如要公婆、闹洞房的习俗，仍在延续进行。

要公婆的习俗，自古有之。这种父母了却最大心愿的愉快，通过戏要逗乐被表现出来，这样的民俗是诚恳的、真实的，所以是皆大欢喜。

闹洞房可以增加夫妻感情，使双方心心相印，承担生儿育女的责任，也为社会的进步繁荣担当重任。

婚礼完毕，新郎必须带着新娘去感谢岳父、岳母，叫“回门”。婚礼仪式到回门就算告一段落，两位新人就真正开启了今后的生活。

通过拍摄《宁夏回汉婚俗》纪录片，整理口诀歌和梳理婚俗的沿袭过程，笔者探究了宁夏回汉婚俗的传承脉络。可以说，是在新闻采访基础上的一种升华和提高。

（写于 2015 年）

沙湖苇舟

如果让你描绘一幅西北画卷，很多人首先想到的就是天高云淡、大漠孤烟的壮丽景象。然而在宁夏石嘴山，却有着一个集塞外粗犷与江南秀丽为一体的天然景观。在这里，沙与湖似乎是天造地设的一对，各有千秋，相映成趣，这就是沙湖。

出石嘴山市区向南20千米，沙湖犹如一块碧玉镶嵌在雄浑的贺兰山脚下。沙湖是全国首批5A级景区，我国西部地区著名的旅游和投资地。沙湖，西部丝绸之路上的江南胜境，“苇、鸟、沙、水”四大景源有机结合，构成了中国绝无仅有的旅游胜地，这里是鸟的天堂、鱼的世界、游人的乐园。

走进沙湖，首先映入眼帘的是它的万顷碧波，一丛丛浓密的芦苇点缀其中，把湖面分割成大大小小的无数空间，使得湖面层次一下子丰富起来。沙湖苇荡面积有4300多亩，摩托艇、游船、快艇穿梭于其中，一会儿进入曲折幽深的芦苇荡，一会儿又驶入开阔的湖面，给人“山重水复疑无路，柳暗花明又一村”之感。葱葱郁郁的芦苇，绿影摇曳、婀娜多姿，置身其中，使人心旷神怡，身心都得到了很好的调整和放松。“接天荷叶无穷碧，映日荷花别样红”，在沙湖，你同样会有这身在江南般的感受。碧绿的莲叶层层起伏，荷花掩映其中，千姿百态，楚楚动人。绿苇、蓝天、黄沙、碧波，自然和谐地交织，远处黛色的贺兰山清晰可见，构成了一幅优美而清新的画面。

如果说水是沙湖的生命，那么栖息在这里的一百多万只鸟，则是沙湖的精灵。在苇荡深处，栖居着 11 目 24 科 190 多种禽鸟，其中有国家一级保护鸟类大鸨、白尾海雕，国家二级保护鸟类大天鹅、小天鹅等 16 种。百鸟争鸣，声闻数里；众鸟飞时，盘旋回折。可谓落霞与孤鹜齐飞，秋水共长天一色。沙湖又是鱼的世界，这里常年生长着鲤、鲢、鳙、鲫等几十种鱼类。花鲢鱼是独家美食“沙湖大鱼头”的纯天然原材料。湖里甚至还有北方难得一见的武昌鱼、大鲵等。鱼跃湖光之上，湖纳鱼于其中，鱼湖相依，相映成趣。

如果说湖是位巧笑倩兮的女子，那这沙就她飘逸的长发了。一汪碧水倾泻在金子般的沙漠上，簇簇芦苇随着风儿奏响的美妙乐曲摇曳着，这幅美景既不是海市蜃楼，也不是梦幻天堂，而是沙湖的真实存在。沙丘连绵起伏，沙雕形态万千，沙山北缓南陡。沙山顶部好似剑刃一般锋利笔直，而两侧的斜坡，又恰如利刀削过一样平滑。沙粒细细的，赤着脚踩在细软的沙子上，一种软绵绵、麻酥酥的惬意，立即会从脚心、脚缝传遍全身。阵阵悠扬的驼铃声，在空中回响，一串串浅浅的骆驼脚印，让人似乎踏上了千年的丝绸之路。

“水绕沙丘天下绝，四季风光总相宜。”沙湖博物馆、海狮表演等，也让沙湖展现出一种人与自然和谐相处的美妙。塞上的风光，江南的美景，人在沙湖不思归。

星海明月

贺兰山青，耸峙边塞，五百里势如奔马，巍巍峨峨；黄河水长，蜿蜒北国，一万里形若腾龙，浩浩汤汤。山与水的交会，孕育了石嘴山山水园林的城市色彩，也勾勒出星海湖美轮美奂的景致。

地处西北一隅，干旱少雨是很多人对石嘴山的印象，但这里居然出现这么大一片湖水，让人惊讶不已。偏偏这星海湖水又千姿百态、奇异娇媚，不由得引来四面八方的一片赞叹声。一湖翡翠千重秀，碧波潋滟荡绿城，星海湖像一面清澈的镜子，映照着石嘴山美丽的脸庞。

星海湖，又称北沙湖，是中国旅游新地标、国家水上项目训练基地、国家级水利风景区、国家级湿地公园。星海湖湿地自然保护区苇丛翠绿、荷花衬红，这里鱼翔浅底、鹤冲九霄。悠闲的游船载着一路欢歌缓缓划过，不时会有水鸟掠过湖面，偶尔用翼尖点一下水面，那小圆晕便一圈一圈荡漾开去。湖水浅处，湖底的沙粒清晰可见，映照着石嘴山人纯洁的心灵。

但以前，这里却是另一番景象：蚊蝇肆虐、垃圾淤积、污水横流、粉尘弥漫。战严寒，斗冰雪，2002年，石嘴山人以“热血能把冰雪融”的冲天干劲，打响了星海湖湿地恢复性综合整治工程的战役。兰州军区援建官兵更是发扬特别能吃苦、特别能战斗的精神，万人合力，几年间让这里发生了翻天覆地的变化，星海湖跃然诞生于城市之间。从烂泥沼到水利风景区的“凤凰涅槃”，星海湖凝聚着石嘴山“五湖四海、自强不息”的精神。

沙丘湖畔水荡漾，鸥鸣鹤翔波涟漪。星海湖防洪泄洪承载力达50年一遇，还兼有蓄水、改善生态环境、调节城市气候等多项功能，形成了水系绕城、绿色环城，城在湖中、湖在城中的别样景观，成为石嘴山的亮丽名片。荡舟在城市与湖之间，方能解读星海湖得以重生的情怀，沐浴着水上吹来的风，仿佛人在水的世界里漫步，却不曾沾衣，这是一种多么微妙的感觉。

山有形，水有情。有了星海湖，就有了涟漪，有了欢笑歌声，有了择水而居的鸟，有了慕名而来的游人，有了江南水乡的绿草茵茵，有了天空中的祥云环绕，有了心中的荷花盛开……

武当梵音

紧邻石嘴山市区森林公园，有一座名扬西北，佛、儒、道三教合一的古寺——北武当庙（寿佛寺）。它始建于康熙四十年（1701 年），慈禧太后曾钦赐“护国寿佛禅寺”，有“山林古刹、西夏名兰”的美誉。

康熙四十八年（1709 年）“新建北武当庙碑”记载：“虽不逮武当胜境，然神居元武，威震朔方，即名之曰北武当。”就是说，石嘴山市境内的武当庙，虽比不上湖北均县武当山的胜境，但由于是道教崇奉的北方尊神元武，即真武大帝所在之地，所以起名叫北武当。北武当庙最早是道观，随着岁月变迁，到了乾隆年间，已经演变成为佛、儒、道三教合一的寺庙。

那么，北武当庙为什么又称为寿佛寺呢？清光绪年间，北武当庙光煜老和尚在檀柘寺求戒时，请庆燃老和尚诉慈禧太后，亲书“钦赐护国寿佛禅寺”，由此而得名。该条幅已经遗失，现有亲见此幅的徐建业居士据回忆并临摹书写，以志存史。

北武当庙（寿佛寺）依山而建，寺庙的基底形似一只巨大的乌龟，将山的气势揽入寺中，使得庙宇与群山险峰互为点缀、互为风景。整座庙宇坐北朝南，占地面积近 2 万平方米，建筑面积约为 6000 平方米，四进院落布局严谨、错落有致，主殿、配殿相互对称，和谐自然。进了山门，穿过大殿，就相继看到了观音楼、无量殿、多宝塔、大佛殿等。这些建筑都位于寺庙建筑群的中轴线上，两侧有钟鼓楼、五佛殿等，重檐飞脊，精巧秀丽。大佛殿前矗立着多宝塔，塔高 5 层 20 米，是一座砖砌的楼阁式塔。整个建筑群高低错落，结构紧凑，气势恢宏，庄严肃穆。

据现存的清嘉庆十四年（公元 1809 年）《武当山建立狮子碑记》记载："殿宇三转五楹，岿然壮丽，更兼蒙古人等皈依瞻拜，则绵绵而不绝矣。"数百年来，特别是每年农历四月初八、九月初九等重大节会，周边几百里的百姓云集北武当庙，朝山拜佛。人群延绵数里之长，香火缭绕，好不热闹。

北武当庙（寿佛寺）还有一个独特之处，它的寺庙音乐"渣渣子"是国家级非物质文化遗产。每逢大的庙会，寺僧们身披袈裟，敲击锣鼓、铛、木鱼，吹奏笙、箫、管、笛，诵读经文。"渣渣子"虽为寺庙音乐，但经过发展，融入了宫廷音乐和当地戏曲、曲艺的形式，唱腔高亢、辽远。

寿佛寺高，飞檐挑栱听风铃；多宝塔耸，百年古刹望长空。

北武当庙（寿佛寺）周边的动植物化石群，先民凿刻的数以万计的岩画，数十段古长城及烽火台，和寺庙一起，共同组成了一部璀璨的历史画卷。晨钟暮鼓，在寺庙音乐悠扬如诉的旋律中，远望北武当，巨大的"佛"字和庙宇楼阁仿佛融在云雾之中，清风拂过，回归自然，让人不觉顿悟人世的一丝禅意。

玉皇高阁

“三殿八阁九层楼,天梯直插白云头。疑是玉皇移凡间,兰山大河眼底收”,描绘的正是平罗玉皇阁的巍峨壮丽。

平罗玉皇阁坐落于县城北大街西侧，是宁夏现存最大的一座道教寺院。清光绪元年（1875 年），由当地的道教徒募资兴建，民国二十八年（1939 年）又进行扩建,现占地面积4200平方米,其砖包台座南北长105米、东西宽40米,分为四级，由南向北渐次升高，最高建筑高约 30 米。

平罗玉皇阁是一座雄伟壮观、规模宏大，富有民族风格的古建筑，由老玉皇阁和新玉皇阁组成。建筑特点是前低后高，形成前后相连的两个很大的砖包台，玉皇阁筑于其上。老玉皇阁是二层建筑，位于寺院的中心。新玉皇阁是两个并列的三层建筑，结构严谨、布局大方、形制独特。这两座建筑，都是雕梁画栋、工艺精巧。这两部分建筑虽为不同时期、不同工匠所设计修建，但结构非常严谨协调，两进院落层层相应，高低楼阁互为呼应，回廊、飞桥将所有建筑联成一个整体，可谓“珠联璧合”。

平罗玉皇阁主体建筑坐北向南，登石级便入山门，两侧置配殿、钟楼和鼓楼等陪衬建筑。庭院上房是城隍厅，厅后各有陪殿。北面是观音殿，南面是娘娘殿，登台阶而上有二楼，即黄虎、黑虎灵宫。过灵宫殿有五间三清大殿，后为斗母宫，再登梯而上，便是玉皇大帝宫。这些建筑是清代所建。民国所建的有山门楼、文昌阁、关帝阁、洞宾殿、王母殿等。

从前到后，平罗玉皇阁都有回廊和过洞及飞桥，正殿后有木梯可登到最高层，在上面凭栏远眺，巍巍贺兰似黑骏奔驰在塞北，滔滔黄河如白龙宛延而去，塞上江南美景，尽收眼底。再回望玉皇阁：高楼气势宏伟，小阁玲珑精巧，楼阁出檐深远，檐角翘指苍穹。殿内尽为彩绘，或雕刻花卉虫草、珍禽异兽，或彩绘山水人物，栩栩如生。特别是阁顶从明代到近代的瓦当，表面都装饰有花纹或文字，有很高的艺术价值和学术研究价值。

在我国，很多地方都有玉皇阁，但平罗玉皇阁却有几个其他地方玉皇阁所没有的建筑之谜：走进平罗玉皇阁，你会发现，不管是玉皇阁四周，还是玉皇阁里面，几乎所有的树都向着玉皇阁长，这里面有光合作用的原因，更是当年设计玉皇阁的建筑师的杰作，符合道家“万法朝宗”的观念；城隍殿较低，廊柱比一般古建筑廊柱要短，但翼角深远，檐角高挑，高台比一般中原地区建筑要高，这是受西夏宫殿建筑的影响；另外，一般古建筑的台梁角都是龙抬梁，唯独平罗玉皇阁的城隍殿是象抬梁，寓意“入则为相，出则为将”；在三清殿，有几个藏传佛教的束腰莲花柱础，玉皇阁是道观，为什么采用了佛教的元素，这着实让人百思不得其解。

带着这些谜，我们仰望平罗玉皇阁，它不仅有古代精美的建筑，还有不少历史遗迹。在三母殿、三皇殿、无量殿四周都有不少垛口、射击孔等军事防御设施，这是1934年孙殿英、马鸿奎战争留下的遗迹。这些遗迹如同玉皇阁的几个谜题一样萦绕在游人的思绪里，循环往复，就像蒋延禄的《杰阁层阴》里写的那样：

和烟和雨柳阴间，高阁凌霄任往还。

向晚开轩凭一眺，苍茫粉本落西山。

华夏奇石山

在石嘴山大武口区，有一处独特的奇石文化园——华夏奇石山，它不仅是石嘴山市最大的爱国主义教育基地、西北最大的奇石博览园，也是全国观赏石博览基地。

奇石山改建之前是储量达1100多万立方米的粉煤灰场，堪称石嘴山市“第一煤渣山”，粉尘弥漫，是大武口地区主要污染源。2006年，石嘴山市委、市政府心系群众呼声，果断决策，利用煤渣山已经形成的地形，举全市之力，历经数年，化腐朽为神奇，建成了华夏奇石山。

步入景区大门，天圆地方台、四通八达台分别坐落在两厢，大型演艺场、儿童乐园、趣味龙宫依山排列，《石嘴山赋》巨石碑刻跃然于眼前，五大特色区域渐次布局，美不胜收。

以山东费县石、安徽灵璧石及宁夏贺兰山石等为代表的主石林区，奇石造景，怪石争奇。200多块形态各异的临沂奇石、灵璧奇石、泰山奇石，点缀在其中，它们形态别致、或大或小，争相竞秀，意趣无穷，让游客流连忘返。

世界名人园、民族之花园、民族大团结园、石嘴山文化精神园、英雄楷模园，以及中国著名军事家、政治家、教育家和科学家园等雕塑园区，人物雕像栩栩如生，成为石嘴山市的爱国主义教育基地。

以古文化园、诗词园、规矩园、岩画园为代表的石文化园，11 块碑文将凿刻艺术和诗词歌赋结合在一起，使得奇石有画的蕴含、诗的韵味，可谓形神兼备，给人以艺术的享受。

辅助主石林区的小奇石园有 25 个，园内有各类名石 30 多种 400 余块。驻足这里，远近、高低、角度的转换让各色奇石充满了想象：有的酷似珍禽异兽，有的宛如各式人物，有的又以历史故事、神话传说而命名，个个惟妙惟肖、妙趣横生。

“堂上有奇石，不是俗人家”，为了让游客欣赏到更多的奇石，石嘴山市在华夏奇石山景区建成一个奇石交易市场，吸引着全国各地的奇石爱好者前来参展、交易。

山显阳刚，水浴灵秀。石嘴山华夏奇石山是一个以原始生态为主题风格，蕴含石嘴山人文内涵的奇石公园，可谓石嘴山市的一处点睛之笔，为市民提供了一个独特的休闲、健身、教育场所。

归德沟

贺兰山归德沟俗名龟头沟，以沟口矗立山石貌似一只神龟出海而得名。位于贺兰山国家级自然保护区内，北与北武当庙景区相连，总面积 68.8 平方千米，是宁夏首家省级地质公园，也是一个拥有典型地质历史演化过程的天然博物馆。归德沟以地质构造形迹及丹霞地貌形态为主要特色，地貌和构造群发育集中而典型，构造地貌两亿年前已具雏形，常年挤压沉降形成的皱褶，具有密、雄、险、秀、幽等特点。

归德沟园区地貌景观、历史遗迹、水文景观俯拾即是，景区内天然次生林繁盛茂密，万亩人工林层林尽染，是石嘴山市区周边一个绝佳的旅游之地。

雄浑贺兰山，美丽归德沟。叠叠山峦像一道道屏障，为石嘴山带来一份天然的庇护。这里奇石嶙峋，山势陡险，险峰众多，气势宏厚壮观。沟内主要有“四景一泉”，即古长城烽火台、归德沟岩画群、钻洞沟、沙窑田园及滩山水泉等。这些“景”和“泉”相互映衬、天然绝成、美不胜收，形成了一条瑰丽的风景带，引人入胜。这里有火山爆发形成的熔岩，有奔涌清澈的溪流，有芬芳繁茂的花草，有盘根错节的松柏和果满枝头的酸枣树。古树化石、岩画以及现代军事工程等自然与人文景观鳞次栉比，古长城、烽火台战气犹存、气势壮观。放眼望去，明西长城（归德沟边墙）在海拔 1500 多米高的山顶上绵延数千米，因其保存完整，在贺兰山古长城中弥足珍贵。

归德沟的美，在于它的博大、延绵与包容，冬不厌冰雪，夏不厌溪流，有绿色也葱茏，无绿色也安然。归德沟景区内尤以钻洞沟自然风景区景致别具一格，有“仙鹤峰”“七仙潭”“仙人洞”“七棵柏”“双乳峰”等景点，奇险嶙峋，亦幻亦真。

归德沟地貌地质遗迹是人类珍贵的自然遗产，地貌构造与动植物自然景观、人文景观组合，景点多、品位高、可游性强。再加上丰富的生态、文化、生物资源，移步换景间忍不住感叹造化的奇妙。

罗家园子

在干旱少雨的贺兰山麓，有这样一片神秘的绿洲，被称为“世外桃源”，它就是罗家园景区。巍峨峻峭的贺兰山，溪流潺潺的王泉沟，绿树掩映的罗家园，构成了石嘴山境内独特的旅游景观。

罗家园景区位于惠农区燕子墩乡的王泉沟口。王泉沟流传的“王泉斩妖”传说，给这里罩上了一层神话色彩。相传，很久很久以前，罗家园半山腰上有一山洞叫白虎洞，洞中有一蛇妖，毁坏庄稼、祸害百姓。村民王泉为百姓着想，决心要除掉蛇妖。按照村中风俗，他伸手从烧沸的油锅中捞出九把牛耳尖刀，外出练武学艺。六年的拜师学艺，他学得一身本领。在众乡亲的帮助下，历尽艰险，王泉斩杀了蛇妖。村民为铭记他的功德，在这里为他立碑修庙，把这条有长流泉水的山沟叫“王泉沟”。后来，有一户罗姓人家，为报答王泉恩情，自愿来到山脚下，为王泉看碑护庙。罗家人一代又一代人生活在这里，慢慢开始种植瓜菜果蔬，养殖牛羊鸡犬，罗家园子逐渐繁盛了起来，成为今天的休闲胜地。

来到罗家园，举目四望，在它的南面是一望无际的黄河平原，沿山蜿蜒曲折的明长城依稀可见，巨大的烽火台巍然屹立在长城的遗址上，历尽沧桑，无声地诉说着历史风雨，打动着每一个过往的行人。尤其是明长城以西空旷地上的一座座西夏贵族墓，更勾起了人们对西夏王朝的无限遐想。

穿过长城和西夏贵族墓群，便进入罗家园景区，景区总面积约 3 万多平方米。秀丽的景色、潺潺的泉水、清凉的气候，和鬼斧神工般的幽谷险峰，勾画出了罗家园动人的风景。山泉汩汩流出，自高崖跌落，形成瀑布，瀑流下泻，飞花溅玉。泉水逢石明行，遇沙暗流，忽明忽暗蜿蜒而行，流至罗家园，汇成“镜湖”。湖水映照蓝天白云，绿树掩映湖光山色。罗家园背后的红石峰独立群峰，直指青天，周围群山皆青色，唯此山赤红，山形酷似珠穆朗玛峰，号称“小珠峰”，实为罕见。

进入罗家园小果园，幽静的小路上山风习习，凉爽清新，幽静宜人。园中古树参天，百年桑树、核桃树和杏树、酸枣树等 20 多种树木，把罗家园的四季装扮得古色古香。

抬眼望去，罗家园后面的正觉寺，依山而建，雄伟端庄。中轴线上山门殿、大雄宝殿等随山势渐次升高，钟鼓楼与牌楼门相映照，青山绿水，楼阁重叠。精美的石雕、木雕、彩绘都为寺院增添了光彩。伴着罗家园的宁静田园风光，正觉寺的暮鼓晨钟与之相得益彰。无论是在罗家园仰望正觉寺，还是在正觉寺俯瞰罗家园，都别有一番情境。

风物流转，沧桑变迁。今天的罗家园，一排排绿树迎风摇曳，一串串葡萄挂满枝头，一个个“农家乐”吸引四海宾朋，无不向人们生动展示着其喜迎宾朋的姿态。山色空蒙中，长城烽台、正觉寺、王泉沟瀑布等美景更为此处增添了一抹抹绚丽的色彩，使罗家园成为一处集观光、登山、休闲、娱乐为一体的旅游胜地。

田州塔影

田州古塔，俗称姚伏塔，毓秀挺拔、古朴典雅，掩映在宁夏平罗县姚伏镇皇祇禅寺的层林绿荫间。古塔始建于唐宪宗元和四年（809 年），距今已有 1200 多年的历史。

田州古塔与古城“田州”之名有关。据唐代李吉甫著《元和郡县图志》中记载：“郭元振驻兵灵武西北二百里，有废定州居于河外，流水浇地，俗称田州。”据考证，唐代的田州，就是现在的平罗姚伏，唐宪宗时期佛教盛行，田州曾大兴土木修庙建塔，田州古塔即建于此时。这在之后的《明一统志》《平罗纪略》等史书中都有记载。

关于田州古塔，还有这样一个传说：相传很久以前，有个力大无穷的牧民，一天晚上放牧回来，看到一个黑乎乎的东西挡在路上，他不知是塔，使足力气拦腰就打了一鞭子，只听“咔嚓”一声巨响，古塔一下子被抽成两截。塔底子“唰”地向南飞去落在了王澄堡，人称王澄堡塔。落到原地的是塔尖子，这地方因为是古田州，就叫田州古塔。

不管是史书记载，还是传说，在一千多年的漫长岁月里，田州古塔饱经沧桑，既经受了无数次战火的考验，又经历了大小数百次地震的摧残。今塔南门门楣上“田州古塔”的石匾上，刻有“乾隆四十八年六月维秀和尚募款重修”的字样。光绪十五年（1889 年）又重修扩建，寺院佛事活动得以恢复。

眼前这座历经风雨的田州古塔，结构严谨、风格独特。塔高 38 米，平面呈六角形，为九层阁式砖塔。塔底层南北各开一门，以供人出入。塔的每层开有 6 门，每门都镌刻有一佛龛，新颖别致。

田州古塔最为人称道的是它塔身的砖雕艺术。古塔从底层到顶层，皆为青砖研磨对缝砌成；塔顶覆以黑色琉璃瓦，呈锥体；塔的底层采用线刻艺术，塔身青砖上雕刻有山水人物和花卉飞鸟等。其工术之娴熟、雕刻之精美，是不可多得的艺术精品。底层檐下雕刻着足以乱真的仿木结构的瓦垄、椽头、横额、头拱和下垂的荷花头，还雕饰有佛像、人物故事。这些砖雕工艺娴熟、异常精美，显示出高超的技艺，在宁夏境内古塔中罕见，展现着悠久的历史和丰富的文化内涵。

巍峨挺拔的田州古塔还有一个独特之处，塔底层南北门墙上都有对联，其中南门上对联为：“一柱撑天东带黄河明献瑞，孤标拔地西屏兰岳秀争辉。”对联对仗工整，书法隽秀有力，精练而准确地描绘出田州塔拔地而起、力擎苍天的气势，和东以黄河为带、西以贺兰为屏的阔大雄宏的意境。明朝边关主事胡琏在《过田州城》中就曾经这样写道：“漠漠寒沙雨浥平，青山淡淡野云轻。孤城尽日鸣笳鼓，流水长年起稻粳。”

登高远眺，田州古塔矗立在万顷良田、千株美树之中。东之黄河九曲蜿蜒，滔滔不尽；西之兰岳（贺兰山）横亘崎岖，绵绵千里，山水风物确实令游人赞叹，流连忘返。

黄河红柳

黄河红柳，又名红草，是西北特有的一种耐碱耐旱野生灌木植物，根系发达，繁殖能力强。黄河岸边的一棵红柳几年就能繁衍出一片红柳林。置身红柳海，曲径通幽、柳絮飞红，如置身世外桃源。

石嘴山市惠农区境内有一个天然生长的黄河红柳园景区。这里林水相宜、湖沙交错、绿色盎然、环境优美、面积宽阔，是西北地区独有的一处天然红柳林旅游区。其规模之大,从园艺镇沿黄河到礼和乡一线,占地面积5万余亩。它的东面是奔腾不息的黄河，东南隔河相望，是一望无垠的内蒙古大草原和陶乐红崖子丘陵河谷，彰显着这一带风光的磅礴和大气。

站在宁夏最北端的石嘴山黄河大桥上向南眺望，沿黄河西面一线，郁郁葱葱、一望无垠的红柳林，将黄河装点得美轮美奂。万亩红柳被黄河与夹河夹在约5千米长的一线内，形成了天然“湖心岛”。黄河水、红柳林、绿草地和茂密的沙枣树林把景区点缀得五彩缤纷，给人一种心旷神怡、海阔天空的绝妙享受。

坐小船渡过约15米宽的夹河进入红柳林区,恍若进入了一片无垠的林海。那一条条被人踏出的林间小道，向林海的腹地和四周延伸去，置身其中，感受着新鲜与神秘，让人流连忘返。一簇簇红柳在太阳的映照下，红色、粉色、淡白的碎小花絮显得格外梦幻，让人不禁赞叹“枝红花好林茂密，地广林稠好去处”。红柳的顽强生命力和固沙奇迹，也在这里表现得淋漓尽致，让人不得不为之叹服。

在红柳林中心地带，有两处宽阔的草地，田园小屋、瓜枣林果，为游人提供了接近自然、休闲娱乐的良好空间。特别是中间有片沙枣林，那扑鼻的沙枣花香，远远就能闻到。林草相间，又为各种野生动物生存繁殖提供了极好的空间。不时有奔跑觅食的野兔和鸣叫不停的呱呱鸡出现，山鹰、野鸭等也在万亩红柳园繁衍生息。更为引人的是那深藏在红柳林中的一处湖泊，四周红柳遮天蔽日，沙丘隐秘其中，游人进红柳林，过黄河，入沙岛，犹如来到一处水天沙林相间的新天地。“大漠孤烟直，长河落日圆”，波光粼粼的湖面与红柳、沙丘相映生辉，大自然的神秘和神韵让人不由得眼前一亮。因这段黄河河道平缓而宽阔，是开发水上游乐项目羊皮筏子、水上快艇、水上摩托等的最好河道，届时将给这里增加无限的吸引力和新鲜感。

沿红柳林黄河沿岸一路北上，从天河湾、塞上江南博物馆、石嘴子公园、黄河古渡、矿山地质博物馆及七彩园，一直到石嘴子地标——山石突出如嘴纪念碑，形成了一处集自然风光、人文景观为一体的综合旅游带。

干校遗址

国务院直属干部学校遗址，位于大武口区隆湖一站。现遗址由干校旧址和干校博物馆两大部分组成。

干校成立于 1968 年，前后历时 4 年。这是一个看似平常但内涵丰富的院落，走进干校旧址，就好像翻开了一段历史，回到了那段峥嵘岁月。

国务院直属干部学校旧址共有平房 60 间，都是 40 多年前的旧建筑，当年军代表、政工组等房间目前保存完好。这里曾经留下了周荣鑫、赵鹏飞等高级干部的身影，也留下了周有光、叶籁士、林汉达等著名专家、学者的足迹。他们虽身处逆境，但仍保持着思想信念不动摇，充分发扬艰苦奋斗的精神，在各自的行业内研究出了多项成果。繁重的劳动间隙，林汉达执着地完成了《上下五千年》的手稿创作；昏黄的灯光下，陈光尧仔细研究着第二套汉字改革方案；艰苦的生活环境里，周有光构思着汉语拼音方案并完成腹稿。像他们这样的故事很多都被记录在“干校博物馆”里。

干校旧址旁，就是新建的国务院直属干部学校博物馆。这是一所再现国务院直属口 1811 名机关干部及其家属、子女劳动、工作、学习经历的博物馆，是全国第一家也是唯一一家以干校为题材的专题博物馆。

博物馆馆藏的2000多件文物、5000多册图书、20多万字的文史资料，被分为4大展区9个篇章23个单元，以实物、图片、雕塑等形式，再现了当时干校干部们劳动、学习、生活的真实场景。一张张发黄的照片，一本本字迹已经模糊的研究手稿、读书笔记和业余创作的手迹，以及《上下五千年》《汉语拼音方案》等一些著名的研究成果，就是在干校低矮、拥挤的房屋里诞生的。当艰辛的劳动让人筋疲力尽的时候，仍有一些信念坚定的学者不肯蹉跎岁月、虚度时光，做出了常人无法做到的努力和贡献，让每一位参观者肃然起敬。

为了增强参与性、教育性，石嘴山市还精心创作编排了红色经典剧目在干校旧址演出，内容包括经典舞剧《东方红》，芭蕾舞剧《红色娘子军》选段《万泉河水清又清》，《白毛女》选段《扎红头绳》，男声小合唱《我们走在大路上》《毛主席的话记心上》《歌唱祖国》等。精彩的演出和红色教育相得益彰，在干校旧址这片厚重的土地上大放异彩。

和着红色歌曲的旋律，国务院直属干部学校正在以原干校造纸厂旧址为依托，规划打造东方红大剧场、干校大食堂、红旗电影院、毛主席战士留念馆、红色艺术空间等主题文化园区，丰富着干校历史和文化内涵，让这种面对挫折却依然艰苦奋斗、矢志不渝的学习、创作精神得以彰显和传承。

第三辑

深度思考

在黄河岸边拍摄灰鹤

出，铺垫出路；进，另辟蹊径

——石嘴山市推进工业旅游创新发展侧记

据原国家旅游局2018年《中国工业旅游发展报告》显示，我国工业旅游虽然起步晚，但发展很快，工业旅游游客接待量年均增长31%，旅游收入年均增长24.5%。同年发布的《全国工业旅游创新发展三年行动方案》中提出，计划到2020年，培育100家国家工业旅游示范基地，全国工业旅游年接待游客量达到2.4亿人次。

工业旅游前景可期，但机遇和挑战也相伴而生。作为国家“一五”时期布局建设的十大煤炭工业基地之一、“三线”建设的重要布局点，宁夏工业的多个“第一”均诞生于石嘴山。这里有着丰富的工业旅游资源。如何让这些见证城市记忆的工业遗存“焕发新生”？在“进”与“出”的思维转换和理念创新之间，工业旅游为石嘴山开辟了一条资源枯竭型城市转型发展、高质量发展的新路。

黑灰脏乱清出去　越野拉力跑进来

伴着一阵阵轰鸣的马达声，一辆辆赛车如奔腾的骏马，飞驰在贺兰山（石炭井）蜿蜒曲折的峡谷中，车轮扬起的沙尘仿佛穿梭在山间的丝带，在飒飒秋风中飘散成一道道流动的风景。

“赛车虽然把沙子扬起来了，但一点也不脏，就是沙土的味道。不像前些年，山上沙土表面都是黑的，呛人呢。你看现在，抓起一把来，都是自然的沙土，很干净！”在附近的石炭井生活了40多年的曹卫东一边忙着和呼啸而过的赛车合影，一边颇有感慨地说。他眼前的一幕，正是最近霸屏各媒体平台的石嘴山首届贺兰山（石炭井）大峡谷汽车越野拉力赛的现场。

曲径通幽的峡谷，盘旋而上的坡台，绵延起伏的河道，草长莺飞的湿地。在40千米的赛道上，车手们尽情地发挥着娴熟的赛车技术，雄浑壮美的景致不停地从他们的视野中掠过。“我最早踏入赛车行业就是从宁夏开始的，今天又来到这里，有种油然而生的亲切感。石炭井这里变化很大，以前到处是煤矿，连树都是黑乎乎的，现在治理得很好，像个旅游区，是一处原生态的好赛场！”国内知名的专业赛车手赵向前伸出大拇指动情地说。和他搭伴的樊午悦是所有参赛车队中唯一的女领航员，这几天忙里偷闲，也拍了不少的美照。“前面的那个绿草覆盖的坡地，高低错落，路上开满了野花，赛车一路开上去感觉非常美、非常爽！”樊午悦难掩兴奋之情。

这处起伏的坡地实际上是石炭井二矿治理平台。石嘴山曾经是宁夏重要的采煤区，几十年来过度采挖使这里的生态环境遭到很大破坏，煤尘四起、满目疮痍。痛定思痛，石嘴山市委、市政府以壮士断腕的决心和势如雷霆的干劲，举全市之力打响了贺兰山自然保护区清理整治攻坚战。经过两年多的艰苦治理，拆除工棚、削坡降台、平整场地、回填矿坑、覆土植绿……很多原本黑灰脏乱的矿区现在都像石炭井二矿这里一样布满绿色，变了模样。

栽下梧桐树，引得凤凰来。石炭井良好的生态环境、多样的地形地貌、齐备的配套设施让作为本次比赛主办方之一的宁夏汽摩运动协会主席王耀武称赞不已：“这次汽车拉力赛的场地非常棒，周边环境也非常好，石嘴山把汽车竞技运动与自然生态、工业旅游巧妙地结合在一起，可以说形成了一个地域特色和吸引力都非常强的越野赛事品牌。赛事举办得非常成功，大家都盼着明年在这里再相会。”

桃李不言，下自成蹊。有了贺兰山生态环境的清理整治和逐步改善，才有了吸引汽车越野拉力赛等活动的条件。这场拉力赛让来自全国的200多名车手和数万名现场观众记住了石嘴山，也让无数人刷新了对这座创新型山水园林之城的认识，并有了下一次赛车之旅的美好约定。

飞播草籽撒出去　野生动物又进来

草木蔓发，春山可望。雨后的沙巴台草色碧绿，寂静安详。小鸟在树枝间婉转鸣唱，野花在阳光下自由绽放，岩羊们在小溪边悠然地喝水，时不时蹿出几只野兔，从黄守业的身边跳过，远处偶尔还会跑出几匹野马、野骆驼，转瞬间又消失了踪影。

这些在贺兰山里稀松平常的景象，放在几年前，黄守业想都不能想。“我在这一片巡逻看护快20年了。开煤矿前这边环境美得很，岩羊一群一群的，还有马鹿、狐狸，结果一开矿都吓跑了。这几年煤矿停了，矿坑都盖上了黄土，飞机在天上撒草籽，你看这草长得绿的，好多野生动物跑了都又回来了。”每每说到这些，黄守业黝黑的脸上总是泛起灿烂的笑容。他从小就在贺兰山里放羊牧马，后来封山禁牧，因为熟悉这里的地理环境，就当上了巡护员。和黄守业不同，王建军以前就在这片煤矿打工，贺兰山生态环境整治后，他从以前的“挖山人”变成了现在的“护山人”，看着山里生态环境渐渐恢复了，被环境破坏逼走的野生动物也回来了，他觉得一天徒步6个多小时巡山也值了。

今年7月，贺兰山国家级自然保护区北岔沟起降点人头攒动，伴着旋翼快速转动产生的风浪，填装好草籽的直升机顺利起飞，开始飞播造林作业。这是石嘴山市首次实施贺兰山生态环境综合整治修复飞播项目。由于清理整治工作成效显著，目前包括大榆树沟、白芨沟、汝箕沟、原石炭井三矿、李家沟、驴子沟、小枣沟、北岔沟和沙巴台等9个片区119处点位，均已完成削坡、回填、土地平整、覆土等恢复治理工程，地表土壤松散，具备飞播条件。为了抓住7月至9月这一降水量集中期，石嘴山市开始大面积实施贺兰山生态环境综合整治修复飞播项目，项目总投资538.62万元，修复总面积达111877.1亩。实施项目通过在民用飞播直升机上安装更加先进的播撒器，使飞播作业更均匀、范围更集中、成活率更高。“飞播项目对已实施整治的矿区进行植被恢复，不但巩固了贺兰山石嘴山段生态环境综合整治成果，还大大提高了这里的植被覆盖率，加快了生态修复步伐。”大武口区副区长李宏山说。

时节如流，雨润贺兰。经过几个月飞播撒种，9个片区逐渐披上了绿衣，广袤的贺兰山也更显葱茏。乘坐游览直升机从空中俯瞰，昔日的黑色渣台已被黄土覆盖，经过治理的贺兰山各片区已形成了一片片绿色的屏障，连片的植被已经和山体相融，逐渐成为了一体，也成了各地游客的“打卡地”。游客李晓梅在飞机上一边游览，一边激动地说：“以前从来没从直升机上欣赏过贺兰山的美景，今天一看好美好壮观，印象最深的就是修复成梯田式的那些山坡，绿绿的就像我们四川老家的茶园一样。”依托生态环境改善和工业遗存资源而新开辟的“低空观光旅游”，贺翔通航小镇仅在国庆节期间就累计接待游客4.25万人次，总营业收入75.8万元，为石嘴山发展工业旅游插上了飞翔的“翅膀”。

变化在俯仰之间。“一年整治、两年修复、三年提升”，石嘴山市对贺兰山自然保护区（石嘴山段）生态环境共性问题集中整治，个性问题分类解决，有计划、分步骤解决“父亲山”的生态环境问题，不但让治理整治成果看得见摸得着，还带动了工业旅游发展的新模式，巧干加实干，让坏事变成了好事！

绿皮火车开出去　四方游客逛进来

清风徐来，春和景明。

和着熟悉又陌生的“哐当哐当”的绿皮小火车的行进声，车厢里的人唱起了歌。唱歌的是来自山东兖州的旅行团。领唱的徐朝阳嗓门洪亮，他对记者讲：“我们这个团里都是矿区职工、家属，这次是慕名而来。听亲戚朋友说石嘴山这边矿区现在还原模原样的都在，学校、卫生院、电影院……还有这个绿皮小火车，满满的都是温馨的回忆啊！这些个老物件在我们那儿是看不到啦！”和如今的快节奏生活相比，平均时速 30 多千米的 7525/6 次绿皮车犹如慢镜头一样，每天从市区大武口穿行到贺兰山深处，进进出出之间记录着沿途一朝一夕的风景。这趟普客列车，已经运行了 48 年，是国内目前仍在运行的“最高龄”的列车。“这列绿皮火车在银汝铁路上运行，既为工业旅游提供了最好的体验物和核心吸引物，也为开发工业旅游解决了最大的交通成本。”大武口区文化和旅游局副局长刘洪建告诉记者，“火车运行沿线就是一条经典的旅游线路，线路一直延伸到石炭井、汝箕沟等贺兰山腹地，今年 4 至 9 月份就有近 4 万游客来这里感受工业旅游的魅力。”

巍峨雄浑的贺兰山，广阔苍凉的河道，斑驳褪色的红砖瓦墙，错落有致的工业厂房，纵横交错的火车轨道，特色鲜明的时代标语……这些带有时代色彩的印记，既是一个城市的记忆，也是对历史的致敬。

作为众多旅客中的一员，吸引彭志敏登上绿皮小火车的不仅是故地重游（他曾在绿皮小火车经停的石炭井矿区工作、生活过，对这里怀有深厚的情感）；更重要的是，这里已被石嘴山市委、市政府规划为工业旅游特色小镇，相关开发建设正如火如荼。“这些工业遗址是石嘴山得天独厚的资源，把它们保留下来，实际上保存的是一座城市的文化符号和发展印记。在这些地方建设陈列馆，展现煤炭工业基地的发展历史，既能够吸引游客，也能让这里焕发生机。”而对90后“城市娃”龙妍来说，此次绿皮小火车之旅吸引她的是可以体验父辈们的创业精神：“通过工业遗址、老照片、老物件等，我了解了这座城市的发展轨迹，更了解到父辈们过去创业的艰辛，是一次触动心灵的教育。”

绿皮小火车就像游走的“飞针”，一路“穿针引线”，将沿线的工业遗址及周边景点巧妙地串联起来。这些工业遗址，沉淀着石嘴山工业发展的艰辛历史，映射出宁夏工业发展的时代脉络。据了解，目前石嘴山市有27处工业遗产。“全国少有、宁夏唯一”的石炭井完整工矿行政区，规模宏大、体系完备的大武口洗煤厂等，都已经通过政企合作的模式逐步规划建设，以工业遗迹综合开发激活传统工业资源，实现从“干工业”到“看工业”，绿皮火车作为特殊的旅游资源，让工业遗存真正“活”了起来。“游客们既可以欣赏沿途风景，又可以体验石嘴山在几十年开发建设中形成的独特历史文化。如今转型发展工业旅游，无形中丰富了这里的旅游新业态，也赋予了工业旅游鲜明的城市特色。”石嘴山市文化旅游广电局副局长谢宁说。

工矿企业退出去　影视大片拍进来

青山隐隐，绿水迢迢；人工智能，英雄出世……随着摄影机镜头快速地转切，科幻电影《天逆骑士·变体》正在石嘴山石炭井工业旅游小镇拍摄。

“为什么选择石炭井作为拍摄地？”导演麒麟快人快语，“就是因为石炭井的工业遗产所呈现出来的精神气质和电影所要表达的奇幻世界十分相像，特别是这里的矿山和老建筑给予这个地方充足的时代感，这恰恰是我们这部电影所需要的感觉。”而这种感觉，就是因为石炭井有原八号泉水泥厂残破震撼的现场，有原兰州军区第20师师部、58团团部及防空洞旧址，还有高大巍峨的贺兰山以及众多纵横交错的峡谷沟壑等。

工矿企业虽然退出了，但电影进来了。在此之前，《爱在苍茫大地》《槐秋》《荒草丛生》《疯狂的拉面》等数十部影片都曾在这里取景拍摄，一些影片的成功也让众多著名影视制作人看到了在石炭井拍摄电影的前景。《绿皮火车》《猎杀外星人》等剧组在2019年也纷纷进驻。

“石炭井四周贺兰山环绕，自成一个小世界，一方面有自然天成的山洞、峡谷、河道……另一方面有工矿企业退出后遗存的矿区、坑道、医院、影院……应有尽有，这是影视拍摄创作基地的富矿。”穿行在山间小路上，一路“指点江山”的宁夏恒方文化旅游有限公司总经理孙铭意气风发，他对石炭井工业旅游特色小镇的未来信心满满，“再融入户外野营、赛车越野、电子竞技等多种业态，一定可以打造成集观光、影视、体验、娱乐、运动等为一体的工业旅游示范基地。”

孙铭是土生土长的石嘴山人，1998年，他离开家乡到北京影视界闯荡。20年后，他回乡创业。记忆中的石炭井矿区，人声鼎沸、热闹非凡。20世纪50年代初，来自五湖四海的建设者汇聚在这里，靠着自强不息的精神，开拓出了一片片沸腾的煤炭矿区。“戍边要塞”“国防重地”“太西乌金之乡”，都曾是石炭井的“头衔”。如今，虽然大部分厂矿建筑人去楼空，但矿区生态环境正在逐步恢复改善。在孙铭看来，荒凉与残缺也是一种美。2018年，他把这一理念融入在这里投资拍摄的电影《贺兰英雄》中。

时光飞逝，岁月流金。萧华将军为兰州军区20师的驻地题写的“贺兰雄鹰”纪念碑如今依然傲然挺立，它仿佛在向人们诉说着那个激情燃烧的岁月，那些永不磨灭的精神。影视拍摄创作基地成为石嘴山撬动工业旅游的一个“支点”。“目前，除了影视基地建设，石炭井工业旅游特色小镇、宁夏煤炭地质博物馆、大武口凉皮经济产业园3个项目已开工建设，惠农区国家级矿山公园和华夏奇石山2个续建项目也在推进中。2019年我们还成立了石嘴山国有资本投资运营公司和石嘴山市文化旅游投资公司，与中国船舶重工集团等企业接洽合作，以进一步加大生态、工业旅游项目投融资和建设工作，积极对接推进创建国家工业旅游示范基地，工业旅游也将成为推动城市转型发展、高质量发展的一个重要引擎。”石嘴山市副市长武裕国坚定有力地说。

“要结合银川都市圈建设，整合贺兰山等生态资源，做好全域旅游文章；要主动对接，充分利用石炭井矿区、大武口洗煤厂等工业遗存，以工业文化元素展现年代印记、时代特色，发展独具石嘴山特色的工业旅游。”宁夏回族自治区党委常委集体来石嘴山调研，在战略层面对石嘴山依托工业旅游推动转型发展、高质量发展指明了方向。

工业旅游对于石嘴山市而言，具有特有的无复制性和可操作性。早些年前就开始的有益探索，如星海湖、贺东庄园、煤城·记忆文化旅游特色街区等项目，随着工业旅游的发展不断翻新形式和扩充内容，也持续创造着社会效益和经济效益，已经成为石嘴山工业旅游的品牌项目，并不断带动着新兴的工业旅游项目落地生根，开枝散叶。2019年，市委十届五次、六次全会更是把发展工业旅游、生态旅游作为推进“两个转变”的重要抓手，通过对各种资源的合理整合，把石嘴山着力打造成集工业遗存旅游、主题互动游乐、休闲度假等多元功能于一体的工业旅游城市。

出，铺垫出路；进，另辟蹊径。进出转换之间，石嘴山以工业旅游唤醒城市记忆，在实践中寻道图强、探索前行。工业旅游之于这座城市，更像一幅内涵丰富、意蕴深厚的崭新画卷，正在理性地运筹施策中徐徐展开，充满激情的石嘴山大地，正沐浴着新时代的阳光，奏响着转型发展高质量发展的奋进乐章！

（写于 2019 年）

有没有，要制造；好不好，看智造

——石嘴山“智造”驱动转型发展高质量发展新引擎

传统产业提升，新兴产业提速，项目提质增效，园区整合优化……2019年连续三个季度，石嘴山工业产值增加值、固定资产投入领跑宁夏，“智造”成为推动石嘴山经济社会发展从“有没有”转向“好不好”和驱动转型发展高质量发展的新引擎。

“智造”枕梁，让高铁跑得更快

时值初冬，室外的寒气已经让玻璃窗上冻出了冰花，而在石嘴山维尔铸造有限公司的数控车间里，技术工人武学礼却忙得满头大汗，他正在精心加工着高铁枕梁组件。“这是咱们石嘴山的‘拳头产品’，有了它，高铁就跑得又快又稳啦！”武学礼自豪地看着眼前这个重达600多公斤的大家伙。

枕梁作为高速动车组转向架上的关键零部件，是撑起车厢的“脊梁”，结构复杂、技术要求高、制造难度大。“我们生产的时速250千米‘复兴号’动车组联系枕梁组件，各项技术参数超过标准，银西高铁也会用我们的枕梁组件！”公司“领头雁”王小宁说。

从“制造”到“智造”，现在看来水到渠成，实际上挑战重重。从制定研发计划到出厂开展线路试验，枕梁组件研发团队的一大批高精尖人才耗时300多个日夜。“低端产品走不远，发展还得靠高质量。2016年的时候，我们拿下了高铁枕梁组件这个工信部试点示范项目。当时国内没有任何同类产品和技术等资料，我们真是摸着石头过河。”王小宁不等不靠不服输，成立了20多人的研发团队展开技术攻关。仅疲劳测试，就需要20台计算机24小时不间断地进行1000万次计算，每隔10分钟还得记录一次数据。研发人员三班倒，连续一个月坚守在岗位上，才能完成一次测试。这一测就是一年，大家几乎崩溃了。“这是一个非常痛苦的过程，但谁都没有放弃，我们主动走出去与国内科研院所、高校对接，寻求技术支持，终于把难关攻克了。”技术中心主任李向东搓了搓脸说。

两年时光匆忙又漫长，各种测试都通过后，维尔铸造开始生产枕梁组件样品。“按照协议，2019年1月要装车试验，若到期拿不出样品，‘复兴号’只能采用进口枕梁。”李向东介绍，从研究成分到设计工艺，再到试制样品，研发人员探索多个技术无人区，攻克一系列关键技术，将石嘴山“智造”牢牢“镌刻”在“复兴号”上，提前4个月交出合格产品，也成功打破了中国高速动车组枕梁相关技术全部依赖进口的局面，为国家节约成本30%，石嘴山“智造”一战成名！

“制造”与“智造”，一字之差，石嘴山尝到了从“有”到“好”的发展甜头。近年来，石嘴山市大力推进创新驱动发展战略，支持重点企业与高等院校开展产学研用科技合作，建立健全以市场需求为导向、以企业为主体、协同高效灵活的创新机制，不但培养了一批能工巧匠，而且还开发出了200多种代表市场发展方向和领先水平的新产品，初步形成了技术创新体系，为加快城市转型发展高质量发展注入了新活力。

“智造”轮胎，让大飞机落得更稳

“成功啦，大飞机轮胎成功下线啦！”宁夏神州轮胎有限公司喜报捷传——国产大飞机子午线航空轮胎在这里正式下线！2019 年 5 月 27 日，这是一个值得铭记的日子，石嘴山“智造”又为转型发展高质量发展增添了浓墨重彩的一笔。

“研发过程非常艰辛，但通过技术创新、合力攻关，现在样胎从外观、气泡等方面检测都很成功，我们打破了大飞机轮胎依赖进口的局面。”公司副总经理罗忠林抚摸着新下线的样胎说，“轮胎胎体使用了新型高强度帘线，既保证了胎体足够的强度，又减轻了轮胎的重量，安全性能有保障。”

据了解，目前国产大飞机配套的都是子午线航空轮胎，该产品对工艺及制造技术要求苛刻，国际上只有几家公司掌握其设计、制造的核心技术，国内大型民航客机轮胎基本依赖进口。为积极响应《中国制造 2025》，力求打破国外技术壁垒，2018 年 8 月，在市委市、市政府的大力支持下，神州轮胎公司正式启动了国产大飞机子午线航空轮胎自主研发项目。“想拿下这个项目，就好比跳起来摘桃子，既要有敢于挑战不可能的勇气，还得有科技创新的能力。”公司董事长魏彦辉多次说，“只有专注于高质量产品，才能找到光明的未来。”

为此，神州轮胎公司联合浙江大学等知名院校组建了航空轮胎研发团队，方案讨论、材料选用、实验论证……无数个深夜，设计车间灯光下聚集着一群忙碌的身影。历经一次次失败，一年多的努力终于开花结果了。公司研发工程师赵锐说：“现在我们研发的生产线是国内最先进的，采用的工艺、材料和检测手段都处于国内领先水平。”

领先靠“智造”来驱动。近年来，石嘴山市不断探索转型发展高质量发展的新路，大力实施创新驱动发展战略，支持一大批企业在人才引进、技术合作、科技创新等方面提升核心竞争力，宁夏神州轮胎有限公司就是其中的优秀代表。目前公司一期项目已拥有年产240万套轮胎的能力，软硬件水平达到国内领先水平，并计划在泰国建设轮胎、橡胶生产加工工业园，争取成为具有国际竞争力的轮胎企业。

"智造"新材料，让"嫦娥"飞得更好

山水相依，华灯初上。每当漫步在石嘴山园林般的城市街区，仰望星空，周小军的自豪感都油然而生。"你看，这就是'嫦娥'从月亮上传回来的照片。"周小军是中色（宁夏）东方集团钽业公司涂层实验室的负责人，他心心念念说的"嫦娥"正是成功落月的"嫦娥三号"探测器，一个和石嘴山有着千丝万缕联系的"神秘嘉宾"。

2013年12月14日21时12分，"嫦娥三号"探测器成功落月，中国成为世界上第三个有能力独立自主实施月球软着陆的国家。"嫦娥三号"探测器发动机铌钨合金喷管正是采用了中色（宁夏）东方集团钽业公司（简称东方钽业）研制的高温铌钨合金及高温抗氧化涂层材料，经受住了太空复杂环境的考验，为本次落月任务的圆满完成提供了有力保障。

"'嫦娥三号'探测器发动机铌钨合金喷管的任务是我们从未涉足的新型合金涂层领域。"公司总经理钟景明说，"这个领域一面是国外技术封锁，一面是国内空白，一切只能从零开始。"春来秋往，在石嘴山这间我国为数不多的专门从事航天空间高温材料技术研究的高温涂层研究室里，研发团队经过4个多月上百次的涂层配方及工艺试验，终于研制成功并按期交付涂层材料，"嫦娥三号"顺利飞向月球。

和蓝天相拥，与星空对话。东方钽业涂层实验室研发团队的研究成果不但成功应用于“中华月球车”“长征五号”火箭等国家航天重大专项，还助推了“天宫一号”“神舟十号”“嫦娥三号”的飞控、落月和月面巡视等多项任务的圆满完成，推进了钽铌金属产业链在航天高端技术领域的应用，为国家航天航空事业以及石嘴山经济高质量发展作出了突出贡献。

新时代就要新发展，新发展就是高质量发展。从高铁枕梁投产、大飞机轮胎下线，到“嫦娥三号”成功落月，石嘴山“智造”从地面一路飞驰到月亮之上，让更多唱赞石嘴山的声音不断照进现实。走转型发展之路，向高质量发展要效益！按照习近平总书记“推动高质量发展是做好经济工作的根本要求”的指示精神，结合“不忘初心、牢记使命”主题教育，石嘴山市深刻领会、努力实践，研究制定了《石嘴山市加快转型发展高质量发展的实施意见》，实施了工业企业对标“十大行动”。市委常委集体到县区实地调研，大力支持企业开展新一轮高智能技术改造升级，使一批项目实现了产业化发展，并逐渐扩展到多个应用领域，带动了数十个智能工厂、数字化车间发展，以“智造”驱动了一批现代科技及绿色生产企业高质量发展的新引擎。

（写于 2019 年）

宁夏区域性影视基地建设可行性探究

引言

宁夏全称宁夏回族自治区，简称“宁”，是我国五个自治区之一。宁夏首府银川，处在中国西部的黄河上游地区。宁夏东邻陕西省，西部、北部接内蒙古自治区，南部与甘肃省相连，自古以来就是内接中原、西通西域、北连大漠、各民族频繁交往的地区。

宁夏南北长、东西短，南北相距约 456 千米（北起石嘴山市头道坎北 2 千米的黄河江心，南迄泾源县六盘山的中嘴梁），东西相距约 250 千米（西起中卫营盘水车站西南 10 千米的田涝坝，东到盐池县柳树梁东北 2 千米处），总面积为 6.6 万多平方千米。

宁夏虽然面积不大，但地势地貌类型多。有连绵起伏的山地，有千沟万壑的黄土高原，有浩瀚无垠的沙漠，有一望无际的平原，有波涛滚滚的大河，还有烟波浩渺的湖沼。

在自然景观方面，沙湖是国家 5A 级旅游景区，有湖面、沙丘、芦苇、珍鱼、候鸟，是生态旅游的“黄金宝地”；沙坡头景区是黄河与沙漠交汇的地方，国家5A级景区；六盘山旅游区山势雄伟，景区内有被称为“黄土高原绿岛”的泾河苑，有红军长征会师地将台堡，有以丹霞地貌著称的西吉火石寨，有海原大地震遗址公园。

在历史遗产类旅游资源方面，水洞沟遗址是中华史前文明的见证；西夏陵规模宏大，造型奇特，被誉为“东方金字塔”；宁夏还是长城和黄河交汇的地方，境内有秦、汉、隋、明等朝代的古长城遗址，素有“长城博物馆”之称。

在文化类旅游资源方面，宁夏镇北堡的西部影城和金水旅游区的西夏影视城曾拍摄了《红高粱》《贺兰雪》等一批优秀获奖影视作品。

在民俗类旅游资源方面，宁夏民族风情浓郁，风味小吃美味可口，歌舞优美动人，吸引着海内外众多游客。

正因为宁夏具有独特的地理位置、悠久的发展历史。以银川为中心，半径约50千米的范围内有高山、沙漠、水域、长城等，非常适宜建设区域性影视基地。全国十大类文化影视资源中，宁夏有八大类。大漠风光、黄河文明、民俗风情、塞上江南等，构筑了宁夏多姿多彩的文化影视资源，展现着宁夏文化的精粹。

一、宁夏建设区域性影视基地的必要性

（一）宁夏坐拥区域性影视基地的天然地域优势

1. 丝绸之路，贺兰神韵

对很多人来说，宁夏是神秘的。自然的神秘，如沙漠与绿洲息息相生；文化的神秘，如消失的西夏与多彩的贺兰山岩画，超越千年历史，镌刻在贺兰山上。

宁夏位于丝绸之路上，历史上曾是东西部交通贸易的重要通道。作为黄河流经的地区，这里同样有古老悠久的黄河文明。早在3万年前，宁夏就已有了人类生息的痕迹。如果说黄河是宁夏的血脉，那么贺兰山和六盘山，就是宁夏的灵魂了。贺兰山和六盘山，是自然造化中宁夏的保护屏障，就像两个忠实的卫士，世代守卫着宁夏平原和宁夏人民。贺兰山绵亘于宁夏西北部，南北长200多千米，东西宽15~60千米，山地海拔多在1600~3000米，主峰高达3556米。古人称之为“朔方之保障，沙漠之咽喉”，山势巍峨，既削弱了西北寒风的侵袭，又阻挡了腾格里沙漠流沙的东移，成为银川平原的天然屏障。六盘山古称陇山，位于宁夏南部，耸立于黄土高原之上，是一条近似南北走向的狭长山脉。主峰美高山，海拔2942米。山势高峻，山路曲折险狭，须经六重盘道才能到达顶峰，六盘山因此而得名。山腰地带降雨较多，气候较为湿润，宜于林木生长，有较繁茂的天然次生阔叶林，使六盘山成为突起于黄土高原之上的一个“绿岛”。

2. 塞上江南，水润宁夏

在西北茫茫黄土高原上，奇迹般的存在着偌大一个绿岛，这就是富饶美丽的“塞上江南”——宁夏川。宁夏人一提起“塞上江南”，自豪之情油然而生。天府宁夏风光秀美，湖泊如明镜，沙漠如流金，处处景色旖旎，令人流连忘返；塞上江南物产丰富，稻米飘香，五宝美名传天下；塞上儿女勤劳淳朴，热情的笑脸、可口的菜肴，都使人难以忘怀。

宁夏平原海拔平均1100~1200米，地势从西南向东北逐渐倾斜。黄河自中卫入境，向东北斜贯于平原之上，顺地势经石嘴山出境。平原上土层深厚，加上坡降相宜，引水方便，便于自流灌溉。所以，自秦汉以来，劳动人民就在这里修渠灌田，发展了灌溉农业。2000多年来经劳动人民的辛勤开发，这里早已是渠道纵横、阡陌相连。“宁夏自古水抱城”，经过数年努力，宁夏平原腹地湿地面积恢复至6.7万公顷，现城里城外自然湖泊近200个，其中面积100公顷以上的就有30多个。秋日徜徉水景，只见蓝天白云下，一弯弯湖水里，一蓬蓬芦苇随风摇曳，白鹤、野鸭、苍鹭等各种水禽竞相鸣叫，翩翩起舞。众多垂钓爱好者神情专注地在岸边或蹲或立，悠闲执杆向清波，好一派“塞上湖城”新景观。说起银川之湖，听老人讲，实乃城中有湖，湖中有城，大小七十二座，湖湖相通，南至青铜峡，北达平罗，形成了水乡之泽国。站在贺兰山滚钟口向东眺望，大有“落霞与孤鹜齐飞，秋水共长天一色”之景也。

也许只有在宁夏，才能看到沙湖和沙坡头这样纵深于内地、沙水相间的瑰丽风光。沙湖，南沙北湖，沙水相连，苇鸟相依，构成了一幅如诗如画、令人神往的美丽画卷。沙坡头集大漠、黄河、绿洲、高山于一处，融自然景观、人文景观、治沙成果于一体，悠久的黄河文化和自然地域的过渡性、多样性，使北国的雄浑与江南的秀美和谐地交织于这里，被世人称为“世界垄断性旅游资源”“世界沙都”。

（二）底蕴深厚、特质别样的宁夏文化优势

宁夏文化非常有特色，是一种区域性历史文化形态，拥有自己独特的文化特质和时空范围。宁夏的地理位置正处于中原农耕文化、北方草原游牧文化碰撞交融的地区，六盘山与贺兰山横亘南北，黄河、泾水与清水河穿境而过。这种特殊的地理格局决定:这里是历史上多民族生存、融合和活动的舞台，更是多元文化生成、繁荣和传播的驿站。因此，宁夏文化既有浓郁的北方民族文化气息，又有厚重的中原文化特质和文化理念，同时又融合了从陆上丝绸之路传入的西域商贸文化，成为中华文化大花园中的一朵奇葩。

多元、璀璨的宁夏地域文化，概括起来，有以下几个类型。

一是优秀的民族文化。宁夏是全国重要的回族聚居地，回族人口占全国回族人口总数的六分之一。广大回族同胞不仅创造了丰富的物质财富，也创造了珍贵的精神财富，是我们中华民族文化艺术宝库中的重要组成部分。

二是红色经典文化。宁夏是革命老区，有着深厚的红色文化底蕴，留有许多珍贵的历史遗迹。如红军长征及三大主力胜利会师地将台堡、盐池革命烈士纪念馆、六盘山长征纪念馆等，还有一些书籍、照片、标语、题辞、锦旗、武器和生活用具等各类革命时期的珍贵文物。特别是毛主席带领中国工农红军翻过六盘山后留下的千古绝唱《清平乐·六盘山》，不仅为六盘山增添了一处永久性纪念景观，而且为后人留下了一笔丰厚的文化遗产。

三是丝绸之路文化。宁夏在丝绸之路上具有重要的地位，见证丝绸之路文化交流与融合的须弥山石窟、古萧关、安西王府遗址、隋唐墓地遗址等，都有着唯一性与互补性，具有不可替代的资源优势和产品优势。

四是以“两山一河”为代表的大漠黄河生态文化。宁夏地处西北内陆，北部贺兰山拔地而起、直指苍穹，绵亘 250 千米，成了宁夏平原的天然屏障。南部六盘山巍峨秀美、风景宜人。九曲黄河穿境而过，长达 397 千米。大漠、黄河孕育的富饶多姿的河套平原，先后崛起了犬戎、柔然、羌、突厥、契丹、党项等多个民族。多样和奇特的地理地貌，造就了宁夏独特的自然生态文化。《中国国家地理》公布了中国“十大新天然府库”评选结果，宁夏平原获评为“十大新天府”之一。

五是古人类遗址和古生物化石文化。宁夏是中华文明的发祥地之一，在 3 万年前的旧石器时代就有人类在此繁衍生息。秦代时宁夏属北地郡；汉代时又分为朔方和西凉刺史两部；唐代时属关内道。因此，境内存有大量的珍贵文化遗存，如：侏罗纪晚期、白垩纪早期的南磁湾恐龙化石，亦称为“中国龙化石”；旧石器时代的水洞沟遗址，新石器时代的海原菜园遗址；有人类原始造型艺术之称并被列入世界文化遗产名录的贺兰山岩画。

六是边塞军旅文化。宁夏历史上为军事重地、交通枢纽。自先秦至明代，历代中央王朝都在宁夏修筑长城等军事防御工事，宁夏境内长城绵延1500多千米，素有“长城博物馆”之称。

七是民风民俗文化。宁夏民俗文化源远流长、底蕴深厚、丰富多彩，如泥塑、剪纸、雕刻、刺绣、花灯、马社火、农民画、皮影戏、“花儿”、宁夏坐唱、眉户剧等地方艺术，以及《苏武牧羊》《魏徵梦斩泾河龙》《柳毅传书》等民间传说，还有近代石嘴子地区的商贸文化，都是宁夏本源文化的活化石，传递着这块土地民族文化的根脉。

八是西夏遗存。西夏遗存是中华民族古代文化的重要组成部分，它是以党项族文化为中心的多民族文化，在其为隋、唐和宋前期藩将的漫长历史中，兼收并蓄隋、唐、宋文化的艺术成就，吸纳吐蕃及西域各民族文化内容并加以创新发展，被列入“国家自然与文化双遗产名录”。西夏陵不仅吸收了唐宋王陵之所长，同时又受到佛教建筑的影响，将各民族文化有机地结合在一起。还有全国重点文物保护单位海宝塔、承天寺塔建筑遗址等，构成了中国建筑中别具一格的形式。

这八大主流文化共同构成了宁夏璀璨的地域文化和时代特色，既为中华文明的演进不断注入生机与活力，也为进一步推进宁夏文化建设奠定了坚实基础。

（三）宁夏区域文化的集中性非常有利于影视文化的轻装转场

我国低成本、精制作的影视产品具有一定的竞争力，这也是国际上一些国家的通行做法。这样可以避开与发达国家“大片”的激烈竞争，开辟一条新路子。另外就目前我国影视制作企业规模小的现状，再加之市场原因，“高投资，大制作”很难奏效。如果成本低、制作精，就可以凭借低成本、质量好打入国际市场。近两年，国内低成本制作的影片屡屡获奖也说明了这一点。

当下，我国的影视基地基本分为外景基地和内景基地两大类型。内景基地大多存在于各电影厂或电视台内，这些机构由于历史原因没有足够的占地空间，不可能建设外景场区，摄影棚也主要为满足自身的影视作品拍摄使用。

宁夏面积不大，但适合影视拍摄的题材和取景丰富，加之宁夏区域性影视基地是以外景地为主的影视基地，涵盖了从春秋战国至民国各个历史时期的文化遗迹，尤其结合地域文化集中反映当时历史风貌的建筑群更具有代表性。这些外景地为年代影视剧提供了很好的拍摄空间。同时，宁夏区域性影视基地属于时空复合型影视基地，即在基地区域内有不同时代、不同地域的建筑或街区，能满足多种影视剧制作的需要。这样对于降低影视剧制作成本，轻装转场，有着非常便利的条件。

二、宁夏建设区域性影视基地的初步构想

综上，宁夏建设区域性影视基地的构想是以宁夏独特的自然景观、深厚的人文景观为依托，建设外景拍摄基地，形成“一个核心区”“二个功能区”“三个体系”。因“二个功能区”“三个体系”在勘察主题中已有详细论述，具体规划尚在论证，所以本文主要阐述“一个核心区”的一些构想，结合前面的景区介绍，在此只做核心区定位的条理分析。

目前，我国现有的影视基地建设同质化现象较为严重。随着大众对影视剧产品的需求由强烈转向理性，由前些年的追逐明星阵容逐步转向注重内容和制作，我国每年生产的影视剧数量稳中有升，并趋于精品化。所以，以同质化为基本格局的影视基地，需要充分考虑为制作影视剧精品而服务，要提高自身的定位层次，制定差异化竞争战略，在特色与服务方面狠下功夫，真正做到人无我有、人有我优、人优我特。

文化产业包容性强，产业关联度也大，具有很强的联动效应。因此，发展文化产业，无论是从哪个方面切入，都要考虑到其规模化和相关产业链，以实现增收，增强社会效益。横店集团以影视文化旅游为切入点发展文化产业，采用了一种类似韩国釜山的发展模式——将整个城市建设成一个庞大而完备的影视产业配套和后勤服务基地，而不是单纯而孤立的几个拍摄基地，不但带动了与文化直接相关的产业，也带动了包括教育、医疗卫生和体育等在内的大文化产业，同时也带动了信息、金融、商贸、物流、运输、服务等第三产业，促进了社会和谐、文明、健康的发展。由此可见，把影视与旅游结合并开发和带动相关产业，从而达到延长产业链，优化资源配置和组合的目的，不失为一条切实可行的途径。单纯地搞影视和单纯地搞旅游，都不可能达到这种综合的效应。而这一点也正是横店文化产业的成功经验之一。

由此，选择以沙湖为依托建设区域性核心影视基地，可以以沙湖自然原生态资源为主题，彰显品牌影响力。

沙湖距银川 40 多千米，距石嘴山 10 多千米，以沙湖为核心建设影视基地，可以有效利用银川、石嘴山两大城市功能，推动人流进入核心区，并使城市的综合功能对核心区进行补充。

以沙湖为核心建设的影视基地，它内部的中心区选择在石嘴山正在建设的宁夏水城。经宁夏回族自治区批准建设的宁夏水城项目位于石嘴山隆湖开发区，距沙湖 6 千米左右，项目建成后，成为石嘴山市区与沙湖连接的中间节点，形成独具特色的“江南水乡”小镇风情。

宁夏水城是以水为主题而建的小镇，水城与沙湖以水系相连，构成沙湖区域完整的水主题，符合影视核心区的建设特色。同时，与石嘴山现正在建设的上下五千年华夏博物馆、五七干校博物馆等共同形成影视区的人文文化功能区，从而进一步形成以宁夏水城为载体的生活服务区、娱乐区和演艺区。

由此，一方面使原有的自然生态景观得以保护，又防止出现人文功能区侵犯自然景区的情况发生；另一方面，又使功能区能够形成一个集影视、旅游、生活娱乐、文艺演出为一体的文化小镇。这符合当前国际国内影视旅游文化为主题的影视基地建设范例。

以沙湖为核心区的影视基地显现出宁夏以湖为节点、以山为脉、以黄河为链的特色形态。

湖——湖泊是宁夏城市的一大特色，沙湖又是全国知名的5A级景区，因此，以沙湖为核心，北与石嘴山星海湖相连，向南逐次有镇朔湖、瀚泉海、西湖，至银川阅海、宝湖、鸣翠湖等，从而形成水系连接的湖泊水乡。这样，以沙湖为核心的湖泊核心区（沙湖、星海湖）和以宁夏水城为主题的旅游文化功能区（水乡小镇及城市区）相辅相成，再和银川阅海、宝湖、鸣翠湖、典农河等具有城市生活服务功能的区域遥相呼应，逐步形成以湖泊为特色的影视旅游文化小区域。

山——贺兰山为脉，昊王离宫、苏峪口、西夏影城、西夏陵等为节点的山体文化。

河——以黄河为链，有黄河红柳、马兰花影视基地、黄沙古渡、黄河大峡谷等。

以上这三方面的综合，即形成以银川、石嘴山为核心区域的宁夏区域性影视拍摄核心区。

三、宁夏建设区域性影视基地的重要性——以影视文化为新的视角反哺现有的旅游景区

无论哪种运营模式，都需要成规模、上档次的硬件设施。当前，我国大

多数影视基地的硬件构成大同小异。为影视拍摄而搭建的建筑、院落、街区是硬件构成的基本要素，将这些硬件设施赋予不同时代特征，便构成了各个历史时期的景区。多数影视基地在土地面积允许的情况下，建设有不同时代的建筑。所以，现有影视基地的硬件设施能够基本满足对于各个时代建筑、院落和街区的需求。少数影视基地建设了欧美景区，虽然规模有限，但也弥补了部分国外场景的拍摄之需。

影视基地的基本功能是为满足影视节目制作需求。从现有的基地看，除了中影集团怀柔基地外，其他基地基本以影视制作外景基地为主，辅之以部分摄影棚或演播馆以补充内景制作的需要。中影基地主要定位于内景和后期制作，但在项目规划方面也保留着外景地开发空间。影视基地的第二功能是影视文化旅游。将旅游作为产业要素与影视基地嫁接，在国外已有多年的运行经验。我国在影视基地创建初期，基地的大部分收益来自于伴生旅游项目。

影视剧拍摄加旅游已成为大多数影视基地的基本运营模式。影视基地的经营范围主要集中在场地出租、配套服务（包括餐饮住宿、道具加工、场景搭建、交通工具、群众演员、后勤服务等）与影视旅游（包括景区游览、体验、旅游产品、食宿服务等）两大方面。近年来，少数影视基地开始显现其聚集效应，吸引影视投资与制作单位在基地内设立机构，使得影视基地的功能由原来的制作加旅游的基本模式扩展为影视产业运作模式。

影视与旅游结合已是一种世界时尚。好莱坞环球影城式的影视旅游在国内尚未形成，但影视拍摄引致旅游的思路，基本是我国各影视基地的建设初衷。影视旅游项目属于后影视产品开发范畴，而后影视产品开发在影视产业链中占有重要地位，它所创造的价值往往高出影视产品本身的销售价值。资料显示，在好莱坞影片的进账中，影院的票房收入只是其中的20%，后电影产品开发，例如通过其他媒体传播以及衍生产品生产销售等占其影片总收入的80%。我国影视基地刚刚兴起的时候，人们对于影视制作过程和制作技术尚处于不甚了解的阶段，所以对于影视拍摄内景、外景充满好奇，影视旅游具有较大的号召力。随着时间的推移，大众对于影视旅游的需求已不再是简单看几个拍摄实景，看几段粗制滥造的模仿剧情表演，而是要求有更深刻的文化内涵、更高的科技含量和更吸引人的旅游安排，这一点普遍成为我国影视基地关于后影视产品开发需要思考和创新的关键。

影视基地大多处在城市边缘甚至农村地区，作为落户当地的文化产业项目，影视基地理应为当地的经济社会发展作出贡献。融入当地、回馈当地，与当地社会和谐共荣，才能从当地政府和民间获取更多的资源，夯实影视基地发展的社会基础。

影视基地内的景点建设或者由某一部电视剧而起，或者依某一历史时期而设计，基本上都为影视剧拍摄的外景服务，并没有深入挖掘景点所反映的历史时期或者历史事件的文化内涵。景点设施如同躯壳，如果里面缺少血肉，景点便失去了生命力。要使各个景点鲜活起来，就应将文化内涵装入景点，而目前的影视基地普遍需要在这方面有所改进。本山影视基地为此进行了有益的探索。该基地在建设初期已经计划将建成后的沈阳北大街恢复其在20世纪初的原貌，按照当时的社会情景展示给游人，包括餐饮、商业、市井艺术、生活习俗等，充实了影视基地的文化内涵。影视基地的旅游项目应当成为文化内涵的重要载体，需要精心策划与组织，不能将影视旅游停留在简单的购物、餐饮或低俗的表演上，而应与景区所反映的社会历史、时代背景相结合，构建旅游内容，打造旅游品牌。影视基地还应成为当地举办多种文化活动的场所，为促进当地文化产业发展提供支持。作为影视基地的配套设施，应具备举办一定规模论坛、会展的条件，将影视基地建成影视文化的交流中心。

影视产业是文化产业中最具发展潜力的一个朝阳产业。但因投资大、成本高、回收周期长，加上其产业的特殊性，市场风险相对比较大。因此，宁夏建设区域性影视基地，需要在影视产业发展前景的预见性和实施发展战略的坚定性等方面，多听专家的意见，多实地调研，以期把宁夏区域性影视基地建设成为可持续发展的独特的影视基地。

（写于2010年）

狠抓调查研究 着力破解难题

调查研究是我们党的传家宝，也是做好各项工作的基本功。调查研究是谋事之基、成事之道。没有调查就没有发言权。我们作决策、出政策、抓落实，一刻也离不开调查研究。同时，我们搞调查研究，最终是为了破解现实中存在的问题。要破解难题，刻舟求剑不行，闭门造车不行，异想天开更不行，必须进行全面深入的调查研究。

中央明确要求，调查研究要紧紧围绕贯彻落实习近平新时代中国特色社会主义思想、习近平总书记重要指示批示精神和党中央决策部署，边调研边学习边对照检查，在调研中深化理解和感悟，在理论联系实际的过程中寻找解决问题的办法措施。自“不忘初心、牢记使命”主题教育开展以来，市委、市政府认真贯彻党中央、宁夏统一部署，坚持问题导向，把调查研究具体化，深入基层发现问题，拿实招、出硬招，着力解决调查研究中发现的问题，推动“不忘初心、牢记使命”主题教育不断走向深入。

抓调查研究，着力破解难题，要深入基层、深入一线，解决现实问题。要一竿子插到底，直奔实践最前沿，才能确保所到之处、所见之事、所问之人都是“原生态”。迈开步子察民情，扑下身子听民声，才能解决群众最关心最直接最现实的问题。石嘴山奋力开创“两个转变”，推进创新驱动、生态立市、脱贫富民的难题在农村、在基层、在生产一线。因此，要带着责任往矛盾最集中、困难最突出的基层单位走，与群众零距离接触、面对面交流；要事不避难，义不逃责，对准人民群众关注的焦点堵点痛点难点，下大功夫予以解决。中央八项规定的第一条，就是改进调查研究。在深入基层过程中，要加强统筹协调，坚决防止为调研而调研，防止搞“出发一车子、开会一屋子、发言念稿子”式的调研，防止扎堆调研、“作秀式”调研，不搞层层陪同，不增加基层负担。

狠抓调查研究，着力破解难题，要明确重点、瞄准问题，深入开展专题调研。抓住重点，扭住关键，调研才有方向，才能找准下手处。带着问题沉下去，带着新知浮上来，决策政策才能具有针对性，办法举措才能充满实效性。推动全面深化改革面临很多新课题、新任务，尤其是推动石嘴山转型发展、高质量发展，没有现成的经验可以借鉴。因此，要围绕贯彻落实党中央决策部署和习近平总书记重要批示指示精神，围绕推动高质量发展、优化营商环境、调整产业结构、脱贫攻坚等问题，围绕全面深化改革面临的重大风险调整等问题，扎实深入调研，真正把情况摸透，把症结分析透，对症下药，务求实效。

狠抓调查研究，着力破解难题，要总结运用调研成果，服务经济社会发展。细心梳理调研问题，精心总结调研成果，才能从问题现象中找出一般规律，找出破解难题的办法。当前，面对石嘴山发展中遇到的难题，有些党员领导干部还存在认识上的困惑、思想上的障碍、观念上的偏差、能力上的不足。因此，更要在学习调研的基础上，围绕习近平新时代中国特色社会主义思想和党的十九大精神，结合各自职责任务，把应对各种挑战、破解改革难题等作为调研内容，解决好问题，总结好经验，同时讲好专题党课。要突出针对性，紧密结合学习和调研成果，讲存在的差距和不足，讲指导实践、推动改进工作的思路措施，真正使讲党课的过程成为统一思想、深化认识、增强党性、提升素质的过程，成为服务经济社会发展的推动剂。

守好传家宝，做足基本功。党和国家事业发展，离不开全党脚踏实地、真抓实干。我们只有狠抓调查研究，才能多察实情、多破解难题，推动党中央决策部署落实落地；我们只有努力拿出新办法新对策新举措，才能在推动石嘴山创新型山水园林工业城市的建设征程中探骊得珠，创造出经得起实践、人民、历史检验的实绩。

（写于 2019 年）

坚持协调联动，
着力增强转型发展高质量发展后劲

千钧将一羽，轻重在平衡。

站在新时代的历史起点上，我们要增强转型发展高质量发展后劲，就要更加注重发展的整体效能，坚持协调联动，以全面发展、整体考量驾驭全局。

从石嘴山市具体情况看，无论是整体推进水平上的差距，还是一些指标短板上的差距，说到底还是发展不平衡不充分、发展质量不高的问题，必须靠推动转型发展高质量发展来补短板、强弱项、促提升。要实现这一目标，必须从“速度情结”“换挡焦虑”“路径依赖”中解脱出来，切实把发展理念、发展方式转到转型发展高质量发展上去，不反复、不动摇、不折腾、不“翻烧饼”，坚持协调联动，着力增强发展后劲，努力走出一条转型发展高质量发展的新路。

坚持协调联动，增强石嘴山转型发展高质量发展后劲，就要着力推进银川都市圈北翼建设。围绕“银川都市圈靓丽北翼”发展定位，积极谋划一批符合石嘴山实际、体现石嘴山特点的项目。加强与宁东基地产业协作，推进石嘴山与银川在产业发展分工协作、基础设施互联互通、生态环境共保共治、公共服务共建共享上取得新突破。具体到当前，就要下大力气抓好今年确定的 38 项重点工作和 47 个重点项目，协同建设“黄河金岸”、中部多彩休闲、贺兰山东麓文化旅游三条“生态廊道”，建设银川都市圈美丽“后花园”。

坚持协调联动，增强石嘴山转型发展高质量发展后劲，就要着力推动城市特色发展。通过完善城市公共服务功能布局，改善人居环境和出行条件，着力提高公共服务设施水平，推动形成生产空间集约高效、生活空间宜居适度、生态空间山清水秀的高品质美好生活环境。围绕“创新型山水园林工业城市”定位，紧盯聚集人气一个重点，突出产业、文化两个特色，抓好规划、建设、管理三个环节，实施传承特色、塑造特色、打造特色“八大工程”，通过推进城市精细化管理、改造提升主题公园、实现城区快速交通等措施，切实增强城市发展的活力与人气。今年举办的“大武口凉皮节”“乐购石嘴山、畅玩在绿城”美食文化节、龙泉村乡村旅游美食节、沙湖古镇百合花节等就是有益的探索，社会反响较好。这也说明，只要开拓思路、创新方式、做出特色，就可以增强城市特色发展后劲。

坚持协调联动，增强石嘴山转型发展高质量发展后劲，就要着力深入实施乡村振兴战略。持续推动美丽乡村和特色小镇建设，全方位改善农村人居环境，发展壮大村集体经济。围绕“产业兴旺、生态宜居、乡风文明、治理有效、生活富裕”总要求，推进产业、人才、文化、生态、组织“五大振兴”，促进人才、资金、技术、管理等要素向农业农村聚集；强力推进垃圾污水处理、厕所革命、村容村貌提升，坚决打赢农村人居环境整治这个乡村振兴的第一场硬仗；巩固深化农村土地制度和集体产权制度改革成果，持续增加农民收入，发展壮大村级集体经济，让农业成为有奔头的产业，让农民成为有吸引力的职业，让农村成为安居乐业的美丽家园。

坚持协调联动，着力增强转型发展高质量发展后劲，是必答题，更是必须答好的题。只有坚持协调联动，抱团发展，才能为石嘴山转型发展高质量发展提供内生动力。坚持协调联动发展，关乎百姓的获得感和幸福感。百姓办事创业，能不能跨区域“一网通办”？提高基本公共服务水平，能不能给百姓带来实惠便利……既是协调联动的内容，又是转型发展高质量发展的要义。

坚持协调联动，重点在协调，目标在发展。这既是一种眼光和胸怀，也是一份责任和义务。坚持协调联动，必将打通城市群内部各种有形和无形的“断头路”，推动资源要素无障碍流动，在分工协作的基础上形成强大合力，不断振奋精神、兴市富民，奋力开创石嘴山“两个转变”新局面，加快建设创新型山水园林工业城市，努力走出一条资源枯竭型城市转型发展高质量发展的新路。

（写于2019年）

坚决夺取扫黑除恶专项斗争的全面胜利

手持正义之剑，扫黑除恶；肩扛公平太平，保民安康。

开展扫黑除恶专项斗争，是党中央、国务院为保障人民安居乐业、社会安定有序、国家长治久安，进一步巩固党的执政基础作出的重大战略决策，是习近平总书记多次作出重要指示、提出明确要求的重大政治任务。

认真贯彻落实习近平总书记重要指示精神，就要充分认识到这场斗争事关“两个一百年”奋斗目标和中华民族伟大复兴中国梦的实现，切实增强政治责任感；就要充分认识到开展这场斗争是推进国家治理体系和治理能力现代化、促进党和国家长治久安的重要举措，切实增强历史使命感；就要充分认识到这场斗争事关全面建成小康社会，切实增强工作紧迫感。

船到中流浪更急。在为期三年的扫黑除恶专项斗争中，今年是十分关键的攻坚之年。在此，又恰逢全党全面开展“不忘初心、牢记使命”主题教育的关键时期，中央扫黑除恶第20督导组进驻宁夏回族自治区开展督导，这充分体现了党中央对扫黑除恶专项斗争的高度重视和对宁夏工作的关心支持，对全区上下深入学习贯彻习近平总书记关于扫黑除恶专项斗争重要指示批示精神、纵深推进专项斗争，具有重要意义。

利剑出鞘，雷霆万钧。中央有部署，宁夏有落实，石嘴山有行动。市委书记王文宇、市长李郁华多次召开重要会议，传达学习习近平总书记关于扫黑除恶专项斗争的重要指示批示精神和党中央、国务院及宁夏党委、政府决策部署。主要领导亲自统筹，靠前指导，明察暗访，现场督战；分管领导经常性深入基层一线和办案现场推动抓落实，全市各级各部门各司其职、合力攻坚，扫黑除恶专项斗争取得了重要阶段性成果。特别是“1・05”“8・28”案件，在“破网打伞”“打财断血”方面打出了声威、打出了成效！专项斗争如春风荡涤污浊，扫出了河清海晏、惠风和畅，人民群众获得感、幸福感、安全感进一步提升。

但是我们必须认识到，扫黑除恶专项斗争不仅是一场攻坚战，更是一场持久战。审视当下，与党中央的要求比，与人民群众的期待比，我们的工作还存在一些问题和薄弱环节，必须提高政治站位，紧盯目标任务，以坚如磐石的决心，认真落实各项既定部署，持续发力、久久为功，坚决夺取扫黑除恶专项斗争的全面胜利。

坚决夺取扫黑除恶专项斗争的全面胜利，要深化思想认识，切实增强接受中央督导的政治自觉，坚决对标对表党中央要求；要切实加强组织领导，坚决服从督导安排，落实督导要求，全力支持配合保障中央督导组开展工作；要压实政治责任，以钉钉子精神全力抓好督导反馈意见整改落实，坚持边督边改、立行立改、真改实改，推动扫黑除恶专项斗争向纵深发展。

坚决夺取扫黑除恶专项斗争的全面胜利，要围绕政治站位、依法严惩、综合治理、深挖彻查、组织建设和组织领导等重点方面，紧盯 14 个重点行业领域，特别是自然资源、交通运输、市场监管等领域专项治理，坚持把倾听群众呼声、回应群众期待作为重中之重，解决好在扫黑除恶专项斗争中存在的问题和短板；坚持紧扣“深挖根治”这一阶段性目标，以扎实的工作措施“撕开口子、揭开盖子、挖出根子”，真正扫出朗朗晴空，打出虎虎生威。

坚决夺取扫黑除恶专项斗争的全面胜利，要按照“有黑扫黑、有恶除恶、有乱治乱”的要求，既要立足当前，坚决把黑恶势力犯罪的嚣张气焰压下去，又要着眼长远，形成从源头上遏制黑恶势力滋生蔓延的制度机制。必须进一步健全基层组织，打好“预防针”，防止黑恶势力侵入侵蚀；必须强化综合治理，完善行业领域长效监管机制，建章立制堵漏洞，不断提升扫黑除恶工作的法治化、规范化、专业化水平。

坚决夺取扫黑除恶专项斗争的全面胜利，要坚持问题导向、目标导向。突出深度打击，勇于“刀刃向内”，“破网打伞”“打财断血”同步联动，“公检法司”打好扫黑除恶组合拳，斩断腐败分子与黑恶势力的利益链条；突出抓基层打基础不放松，加大软弱涣散基层党组织整顿力度，坚决铲除黑恶势力的滋生土壤；突出落实扫黑除恶的政治责任，统筹协调各方资源和力量，集中火力打一场扫黑除恶“歼灭战”，深挖彻查打一场破网打伞“攻坚战”，聚焦突出问题打一场重点行业领域“阵地战”，发动群众打一场全员参与“人民战”，以强大攻势推动专项斗争取得新成效，让人民群众看到实实在在的战果。

扫除黑恶之根，赢得天朗气清。我们要以中央督导组督导为契机，全面贯彻党的十九大精神，以习近平新时代中国特色社会主义思想为指导，结合开展“不忘初心、牢记使命”主题教育，牢固树立以人民为中心的发展思想，切实把专项治理和系统治理、综合治理、依法治理、源头治理结合起来，以雷霆万钧之力、摧枯拉朽之势，涉“黑”必惩，重拳除“恶”，彻底铲除各种“保护伞”，坚决夺取扫黑除恶专项斗争的全面胜利，为新中国成立70周年营造和谐喜庆的良好氛围，向党和人民交出一份满意的答卷。

（写于2019年）

让党旗在疫情防控斗争第一线高高飘扬

初心在冲锋中闪耀，使命在党旗前飘扬。

日前，习近平总书记作出重要指示，“全面贯彻坚定信心、同舟共济、科学防治、精准施策的要求，让党旗在疫情防控斗争第一线高高飘扬”。要求各级党组织和广大党员干部坚决贯彻落实党中央决策部署，紧紧依靠人民群众，坚决打赢疫情防控阻击战。

为把思想和行动统一到习近平总书记重要指示精神和党中央决策部署上来，石嘴山市按照党中央要求和宁夏党委、政府提出的“四个决不”“五个凡是”“三个全面”“四个实行”“十条措施”，充分发挥各级党委（党组）的领导核心作用、基层党组织的战斗堡垒作用和共产党员的先锋模范作用，坚持“党建引领、党员带头、群众参与”，各级党组织和广大党员干部紧紧依靠群众、动员群众、组织群众、凝聚群众，切实将基层党组织的组织力转化为团结带领党员、群众坚决打赢疫情防控阻击战的坚定信心和实际行动，形成严防严控、群防群控、联防联控、全防全控的强大力量，扎实做好疫情防控各项工作。

关键时刻，关键在党。面对来势汹汹的疫情，做好防控工作必须加强党的领导。石嘴山市科学判断形势、精准把握疫情，统一领导、统一指挥、统一行动，坚持把打赢疫情防控阻击战作为当前的重大政治任务，继1月24日下发《关于动员各级党组织和共产党员全力做好新型冠状病毒感染的肺炎疫情防控工作的通知》后，又下发了《关于组织市直部门（单位）党员干部协助社区开展新型冠状病毒感染的肺炎疫情防控工作实施方案》《关于在新型冠状病毒感染的肺炎疫情防控工作中发挥社区（村）党组织领导核心和党员带头作用的通知》两个文件，要求基层党组织和党员领导干部为群众做出良好示范，以实际行动遏制疫情扩散，推动党中央和宁夏党委、石嘴山市委决策部署真正落地见效。为此，石嘴山市各级党组织特别是市委、市政府主要领导、各部门以及三县区负责同志坚守岗位、靠前指挥，紧盯社区（村）第一道防线，通过构建市、县（区）、乡镇（街道）、村（社区）、村（居）民小组五级防护网络，66个市直部门党员领导干部直接联系辖区90个社区，实现党员干部包抓社区全覆盖，把社区、农村、园区等重点区域的疫情防控工作压实再压实，落实再落实，做到守土有责、守土担责、守土尽责，带头为广大人民群众筑牢健康防线。

艰险来临，党员冲锋。疫情防控是没有硝烟的战场，也是检验党员、干部初心使命的考场。党员不是嘴上说说，初心使命也不是一句空口号，而是要真刀真枪为人民群众的利益去战斗的。情况越是危急，任务越是紧迫，越需要广大党员当好群众的贴心人和主心骨，用实际行动让人民看到，有党员的地方就有力量，有党旗的地方就有希望。“我是党员我先上！”在石嘴山市援鄂医疗队中，广大党员带头请战，他们与家人匆匆告别，就踏上了征程；若有战！召必回！战必胜！石嘴山市各医院的数千名党员主动报名，要求进入发热门诊，争当第二梯队，时刻待命；在市境各个出入口，党员们争相驻守在疫情检查站，24小时对来往车辆和人员进行体温检测、核查登记；在社区、园区、村庄，由社区干部、医生、基层民警等组成的数百个临时党支部对责任区企业、社区等逐个走访、实时监测；由退休老党员、退役军人等组成的党员志愿者也纷纷加入到网格化、地毯式排查中……在这个关键时期，一名名共产党员挺身而出，鲜红的党旗在疫情防控一线高高飘扬。

疫情就是命令，防控就是责任。截至 2 月 3 日 24 时，石嘴山市已报告新型冠状病毒感染的肺炎确诊病例 1 例、疑似病例 1 例。面对新形势，全市上下必须牢记习近平总书记嘱托，充分认识当前疫情防控形势的严峻性、紧迫性和复杂性，坚决克服麻痹思想、焦虑情绪，坚持底线思维，做到未雨绸缪，把形势估计得更严峻一些，把工作做得更扎实一些，从最坏处着想、向最好处努力。在这种形势下，党员更要挺身而出，挺身向前，把责任扛起来，把标杆立起来，做到哪里任务险重哪里就有党组织坚强有力的工作，哪里就有党员当先锋作表率。一个党支部就是一座堡垒，一名党员就是一面旗帜。接下来疫情防控还有不少难关要闯，还有不少硬骨头要啃，更需要好钢用在刀刃上，充分发挥基层党组织的战斗堡垒作用、广大党员的先锋模范作用，众志成城，同舟共济，科学防控，精准施策，以严之又严、细之又细、实之又实的作风，坚决打赢疫情防控阻击战。

“路不险则无以知马之良，任不重则无以知人之德。”面对疫情，党员虽然并没有百毒不侵的钢筋铁骨，但在此刻，就是要亮明党员身份，成为保卫人民群众生命健康的勇士，当好群众的“防疫手册”，身体力行，带头宣传防疫知识；当好群众的“N95 口罩”，挡住疫情，让群众生活得安全安心；当好群众的“防火墙”，科学防控，把生产生活环境控制在安全范围。

沧海横流，方显英雄本色。党员本色如何？眼下的战“疫”就是最好的试金石和磨刀石。我们要在疫情防控第一线考察、识别、评价、使用干部，对表现突出的，要表扬表彰、大胆使用；对不敢担当、落实不力的，要严肃问责。激励和引导各级党组织、广大党员在危难时刻挺身而出、英勇奋斗，结合自身实际，发挥各自特长，真正把初心写在行动中，把使命落在岗位上，凝聚起众志成城、全力以赴、共克时艰的磅礴力量，用实际行动交出无愧于党和人民的优异答卷！

（写于 2020 年）

第四辑

真情颂歌

在工作室开展业务培训

记者的荣光与梦想永远在路上

我们喜爱深秋，
因为深秋云淡风轻，浸润着正能量的气息；
我们歌唱深秋，
因为深秋日月皎洁，涌动着中国梦的乐章。
在深秋里，11 月 8 日，
菊花傲霜，记者节伴着收获的喜悦悄然而来；
在深秋里，11 月 8 日，
枫叶如火，石嘴山市新闻传媒中心在改革的大潮中重装起航！

我们，都是这航船上的水手，
众人划桨，同舟共济，
乘风破浪，热血沸腾！
我们，都是今天节日的主人，
影像在山河里分秒映照，
笔触在田野间不断流淌！

属于我们的荣光与梦想，

永远在路上！

亲爱的伙伴们，

今天请面对一次镜头，看一看自己灿烂的笑，

我要对你说，真的美呃啦！

亲爱的伙伴们，

今天请暂时离开电脑，放一放手中忙碌的笔，

我要对你说，真的辛苦了！

你说，辛苦，但心不苦。

心不苦，

甜，就会通过我们，

传播到每个人身边！

你说，记者像一位行者！

四处奔波，

到群众中播撒正义！

尽管风餐露宿，

脚步却从来没有停歇。

你说，记者像是蜜蜂！

辛勤耕耘，

却总担心难酿出好蜜。

其实，每次飞翔，心也孤独，
却总飞向花香弥漫的远方。

我说，记者就是你们！
辗转匆忙的脚步，
不是在采访，
就是奔波在采访的路上。
你们的一个镜头，
也许就是历史的定格；
你们的一则消息，
可能见证着时代的方向！

没有鲜花，
你用色彩飞扬的镜头，
拍摄着每一个精彩的瞬间，
把美好留在每一秒荧屏之间。
没有掌声，
你用朴实无华的文字，
记载身边人的酸甜苦辣，
把坚强写在每一处字里行间。

不管疲倦的身影，
是否常常伴着漫天星光。
从来就不用想起，

因为没有忘记。

我们只是一名普通得不能再普通的记者！

不管白天还是黑夜，

走现场、伏案头，都是我们内化于心的责任；

不管严寒还是酷暑，

上一线、下基层，都是我们服务人民的追求！

铁肩担道义，

这份职业让我们肩负正义与责任；

妙手著文章，

这份执着让我们赞颂真善美，鞭挞假恶丑！

我们书写的，

不仅是开放富裕，

更是一种无愧于心的操守！

我们记录的，

不仅是和谐美丽，

更是把腾飞的石嘴山融进了时代的诗行！

让我们记住：

记住我们的激情飞扬、真情释放，

记住有一种声音永远响亮，

有一种职业充满阳光。

让我们在石嘴山市新闻传媒中心这个温暖的大家庭里，

乘着昂扬的斗志，

向着正确的方向，
一路吹响开拓、创新、改革的号角，
一路谱写突破、跨越、发展的华章，
一路鼓励我们自己，
记者的荣光与梦想，
永远在路上！

（写于 2015 年）

汇聚正能量　共筑中国梦

追逐着太阳的步伐，
我们生生不息，
在爱的记忆中一路走来。

凝聚着道德的力量，
我们与时俱进，
在不断的创新中抒发情怀。

有一盏灯叫王结，
点在人心里，亮在人眼中。
因为你的鼓励和谆谆教导，
许多盲人眼中又升起了彩虹！

有一种伟岸叫虎志文，
扎根在大山里，奋斗在寒风呼呼的高空中，

由于你和志愿服务队的坚守，
夜晚的山区到处充满了光明。

当我们看到寇大胜，
就想起了大地上，
一株被风雨吹折，
却又倔强地发出新芽的柳树，
平凡又充满生机。

当我们看到顾建兵，
就想起大山深处那个小小的气象站，
他用孤独与坚守，
在八年无差错的风雨测报中，
默默地刻画着一种崇高。

我们还看到——
庙月萍、杨惠忠、王爱华、黄金凤
你们很平凡，
平凡得像贺兰山上的一块块石头，
但你们却创造了平凡中的伟大！

陈莉，
一个曾经向往鲜花的姑娘，
一个乐于相夫教子的母亲，

十七年，面对血腥的案发现场，
你的数千份无一差错检验鉴定书，
足以让我们震撼！

汪苏艳，
一个满口隆德话的江南女子，
当不可想象的困难像山一样压过来，
你，没有退缩，没有逃避，
以瘦弱之躯勇敢地扛起了照顾全家的重担。

也许，她们只是黄河里的一滴水，
但却滋润着我们的心田。
也许，她们只是路边的一棵树，
但她们的身后却是黄河滔滔、林海莽莽。

看吧，
又一批道德模范涌现在我们身旁，
品格的力量，
感动着、呼唤着更多的人，
化作春雨，
滋润大地。

他们助人为乐、见义勇为、诚实守信、敬业奉献、孝老爱亲。
他们是我们崇尚、学习的楷模，

他们是道德传承的典范！

因为他们的激情和奉献，
因为他们燃烧的信念，
因为他们用行动坚守的誓言，
我们心中的彩虹，
才变得更加清新而绚烂！

他们的精神令人称赞，
他们活脱脱地就在我们身边，
让我们在实现中国梦的道路上，
紧跟着他们的步伐，
开拓创新，奔涌向前！

这就是道德的力量！
这就是榜样的力量！
让我们向这些光荣的道德模范学习致敬！
让我们齐心协力，
汇聚正能量，共筑中国梦！
为建设开放宁夏、富裕宁夏、和谐宁夏、美丽宁夏而努力奋斗！

（写于 2016 年）

奋进的石嘴山

迎着晨曦第一缕曙光，
我们轻轻翻开了“十三五”的扉页。
凝望新芽迎着阳光伸展，
悄悄地，
感受着她咯吱咯吱拔节的韵律，
铺展着绿色家园的梦想，
渗满孩子们的笑眼。

伴着原野第一声巨响，
我们隆隆吹响了新征程的号角。
启动机器随着时光运转，
静静地，
聆听着她叮叮当当碰撞的交响，
弹奏着产业发展的强音，
谱写石嘴山的华章。

笑语欢歌中，
树木迎来了新的年轮，
田野播撒着新的希望。
我们的心灵，
也自由地和着时代的旋律歌唱，
我们的梦想，
也不住地迎着发展的蓝图绽放！

石嘴山，一个硬朗的名字，
正用她山样的胸怀，
包容创新，谋划长远。
石嘴山，一个坚韧的名字，
正以她水样的柔情，
不忘初心，继续前行。

前行，不会一帆风顺，
前行，路上总会布满荆棘。
但石嘴山人，
总是这样勇敢地鞭策自己——
不到长城非好汉！
总是这样执着地激励自己——
五湖四海，自强不息！
顶着持续加大的经济下行压力，

咬紧牙关，顽强拼搏，
爬坡过坎，迎难而上。
抓转型促发展，
经济社会各项事业取得显著成就：
突出产业转型、结构调整，发展质量和效益稳步提升；
突出民生转型、增进福祉，群众幸福感持续提高；
突出生态转型、六城联创，城乡人居环境显著改善；
突出改革创新、开放带动，发展活力明显增强；
突出谋划长远、打牢基础，发展基础不断夯实；
突出党要管党、从严治党，党的建设全面加强。

喜观石嘴山发展的盛景，
每一缕春晖，都是一部抑扬顿挫的诗篇；
追寻石嘴山前行的脚步，
每一度春风，都是一曲荡气回肠的乐章。

身在其中的石嘴山人，
体会着进步和成果的来之不易，
感受着攻坚克难和逆势求进的艰辛，
正以时不我待、只争朝夕的勇气和担当，
以新发展理念为统领，
科学绘制着石嘴山转型发展、全面振兴的美好蓝图。
“煤城不能再靠煤，靠山不能再吃山。”
石嘴山人清醒地认识到：
只有解放思想、更新观念，

在有中生新、无中生有上下功夫、求突破，
才能掌握发展主动权。

“转型发展走新路，全面振兴创新业”，
石嘴山人审视到：
只有聚力优势、弯道超车，
只有提升品质、补齐短板，
才能再造新优势，实现新发展。

发展，
是石嘴山的第一要务；
创新，
是石嘴山人的共同追求。

走新路，创新业，
团结一心，励精图治：
加快升级换代，构筑产业发展新优势；
推进创新驱动，积聚经济发展新动力；
坚持开放带动，构建开放发展新格局；
深化改革攻坚，释放体制机制新活力，
打造石嘴山经济升级版！

提品质，补短板，
民生为本，奋发有为：
提升环境质量，建设天蓝地绿水秀的美好家园；

提升品质内涵，建设富有活力和竞争力的现代化城市；
提升居民生活质量，让人民群众有更多的获得感和幸福感；
提升社会治理能力，营造公平公正安定有序的社会环境，
打响“山水园林·尚工逸城”城市品牌！

贺兰山青，
见证着石嘴山敢于担当、勇挑重担的信心；
黄河水长，
激荡着石嘴山顺势而为、乘势而上的雄心；
星海湖秀，
映照着石嘴山实干兴邦、开拓奋进的决心！

奋进的石嘴山，
心中常思百姓疾苦，脑中常谋富民之策，
始终坚持把发展的成果体现在改善民生上；

奋进的石嘴山，
抓创新就是抓发展，谋创新就是谋未来，
始终坚持把推动发展的着力点放在创新上。
综合实力更加雄厚，质量效益更加向好；
创新动能更加强劲，人民生活更加幸福；
生态环境更加优化，城市品质更加彰显。

奋进的石嘴山，
发展的溪流纵然千回百转，

却总是演绎着万涓成河的壮阔波澜；
奋进的石嘴山，
发展的脚步也曾踟躇蹒跚，
但终究会贯通一条连接全面建成小康的朝天大路！

听！奋进之声，
犹如一曲经年不衰的雄浑交响；
看！奋进之旅，
必将是一部耐得住风霜的壮丽诗篇！

奋进的石嘴山，
逢山开路，遇水搭桥，
主动适应经济发展新常态，
持之以恒推进产业、民生、生态转型，
建设开放富裕和谐美丽石嘴山！

奋进的石嘴山，
“唯改革者进，唯创新者强，唯改革创新者胜”，
将努力实现：
经济繁荣、民族团结、环境优美、人民富裕。
为决胜全面小康而不懈奋斗！

（写于 2016 年）

文明之花永芬芳

——“家庭文明建设”赞歌

蓝蓝的天空，是白云的家，
绿绿的草原，是骏马的家，
960 万平方千米的中华大地啊，
这是我们的家。

我们的家，
是融入血脉、德行与文明的交响；
我们的家，
是传承家庭、家教和家风的诗行。

家庭，是社会的细胞，
家庭和睦则社会安定，
家庭幸福则社会祥和，
家庭文明则社会文明。

家教，是人生的第一个课堂，
社会主义核心价值观在这里启蒙，
重言传、重身教，扣好孩子的第一粒扣子，
教知识、育品德，迈好人生的第一个台阶。
家风，是社会风气的支撑，
是社会风尚在家庭里的缩影。
家风好，就能家道兴盛、和顺美满；
家风差，难免殃及子孙、贻害社会。

道路为什么会如此不同？
因为我们都深深地知道：
家，不只是一个简单的住处，
更是我们洗礼德行、净化心灵的港湾。

人们说家是最小国，
千家万户都好，国家才能好，民族才能好；
人们说国是千万家，
国家好，民族好，家庭才能好。

我们宁夏，就是祖国大家庭里的孩子，
家庭好，孩子的幸福就像花儿一样；
我们石嘴山，就依偎在宁夏川的怀抱，
怀抱暖，孩子的体魄就像山梁一样强健。

是的，
这，就是我的家。
这里黄河穿东过，沙湖映贺兰，
这里塞上通达地，活力石嘴山。

是的，
这，就是我的家。
家里的人，来自五湖四海，
家里的人，永远自强不息。

家里有一盏灯叫周淑琴，
点在人心里，亮在黑暗中。
因为你的柔弱铁肩和不离不弃，
一个风雨飘摇的家，
二十年灯火通明。

家里有一面镜子叫谭淑章，
辛勤在背后，欢乐在眼前，
因为你的无私倾注和默默付出，
一个患难中重新组建的家庭，
到处洋溢着三代同堂的幸福。

当我们看到温玉波，
就想到了他的爱人付焕霞。

四十年来悉心呵护着四世同堂的家，
上慈下孝，温馨和睦，
多民族一家带出了淳朴的好家风。

当我们看到曲官福，
就想起他同样八十多岁的老伴乔海玲。
老党员的先锋带头作用，
在街道、社区、家庭都竖起一面模范的大旗，
在大伙儿心里默默刻画着一种崇高。

我们看到：
马建军家庭、洪亮家庭，
贾玉凤家庭、张虎利家庭，
我们还看到：
周万宝家庭、田红梅家庭，
孙玲家庭、何凤兰家庭。

这些家庭都很平凡，
平凡得像贺兰山下铺着的一块块路石，
平凡得像黄河水中泛起的一朵朵浪花，
但他们，
却在注重家庭、家教、家风中创造了平凡中的伟大。

这些平凡中的伟大，

激励着众多家庭崇德向善、见贤思齐；
这些文明家庭的力量，
鼓励着社会积善成德、明德惟馨，
推动着社会文明进步。

或许，他们只是星海湖中的一滴小水珠，
但却滋润着人们向往美好的心田；
或许，他们只是北武当山上的一棵酸枣树，
但他们身后跟随的，
却是黄河滔滔、林海莽莽。

看吧，黄河岸边，
石嘴山的家庭文明建设之花越开越旺盛。
组织领导加强，
汇聚起家庭文明建设工作的强大合力；
弘扬家庭传统美德，
“漂亮妈妈”大赛等富有特色的系列活动如火如荼。

看吧，林海深处，
石嘴山的家庭文明建设之路越走越宽广。
“树立科学家教、涵育时代家风”，
家庭教育指导服务得到深化；
发挥妇女“两个独特作用”，
母亲在家庭中的“口授心传”生根发芽。

爱国守法、遵德守礼，
平等和谐、敬业诚信，
在美丽之城中唱响；
家教良好、家风淳朴，
绿色节俭、热心公益，
在和谐之城中弘扬。

心往一处想，
人人争当文明使者，
每个家庭都立志成为文明样本，
把家庭理想与民族理想融为一体，
把爱家和爱国统一起来，
我们四亿多家庭的生活一定会更加美满幸福。

劲往一处使，
用十三亿多人民的智慧和热情，
汇聚起实现“两个一百年”奋斗目标，
实现中华民族伟大复兴中国梦的磅礴力量，
我们的国家、我们的民族，
就一定会更加和谐兴旺！

（写于 2017 年）

石嘴山，在新时代中破浪前行

一场举世瞩目的盛会，
如春雷阵阵，
响彻在华夏大地上，
迸发着新时代的铮铮誓言：
不忘初心、牢记使命！

一次情真意切的寄语，
如绵绵春雨，
浸润在百姓心坎上，
编织着新时代的满满幸福：
勠力同心，造福人民！

让我们，
用心聆听新时代强音——
人民，是永恒的主题；

让我们，
用力迈开新征程脚步——
奋斗，是不变的旋律。

我们，
是五湖四海的石嘴山人，
站在新起点，
际遇着一个波澜壮阔的时代。

我们，
是自强不息的石嘴山人，
肩负新使命，
奋斗在一个人民至上的国度。

我们凝心聚力，迎难而上，
紧紧围绕打造石嘴山经济升级版，
打响“山水园林 · 尚工逸城”城市品牌。

我们主动作为，奋力攻坚，
大力实施“三个一”工程，
经济社会发展稳中有进、稳中提质。

做好“浴火重生”“腾笼换鸟”文章，

转型升级取得新成效。
做好“无中生有”文章，
经济发展增添新动力。

抓转型促发展，
创新能力实现新提升，
开放合作迈出新步伐，
生态环境得到新改善。

走新路创新业，
城乡建设步入新阶段，
民生事业收获新成果，
自身建设有了新提高。

我们热议发展盛景，
唯有回望才发现，
那些过往重重压来的困难，
早已被踩在脚下，
石嘴山，正逆势奋进！

我们期许发展宏愿，
唯有前瞻才发现，
那些孜孜以求的梦想，
一定能抵达彼岸，

石嘴山，正破浪前行！

尽锐出战，精准施策，
石嘴山大力实施——
创新驱动、生态立市、脱贫富民“三大战略”，
持续推动产业、民生、生态“三大转型”；

逢山开路，遇水架桥，
石嘴山努力建设——
新型工业之城、创新创业之城、生态美丽之城、和谐宜居之城，
打造银川都市圈亮丽北翼；

登高望远，蹄疾步稳，
石嘴山强力推动——
由全区工业的“摇篮”向科技创新的“摇篮”转变，
由工矿时代向生态时代转变。

“不要人夸颜色好，只留清气满乾坤”，
尽管面临着经济下行压力，
顽强拼搏的石嘴山，
依然把人民的期待变成脚踏实地的行动，
把人民的希望变成生活的现实。

“不驰于空想，不骛于虚声”，

不管面对着多少艰难险阻，
激流勇进的石嘴山，
依然将改革和发展进行到底，
在新时代的大潮中破浪前行。

“九层之台，起于累土”，
破浪前行的石嘴山，
以项目为支撑，持续扩大有效投资；
以工业为根本，做大做强实体经济；
以“三新”为引擎，再造转型发展优势；
以“三转”为路径，推进乡村振兴发展。

“天道酬勤，日新月异”，
破浪前行的石嘴山，
以创新为引领，增强全新发展动力；
以活力为重点，不断深化改革开放；
以品质为关键，全面提升城市能级；
以绿色为导向，加快生态文明建设；
以人民为中心，着力增进民生福祉。

新时代赋予新使命，
破浪前行的石嘴山，
贯彻新理念，聚焦新目标，落实新部署，
始终同人民想在一起，干在一起。

新时代开启新征程，
破浪前行的石嘴山，
把短板变跳板，把挑战变机遇，把痛点变亮点，
把人民对美好生活的向往作为奋斗目标。

幸福都是奋斗出来的，
破浪前行的石嘴山，
将以习近平新时代中国特色社会主义思想为指引，
贯彻新发展理念，
焕发新状态、展现新作为，
创造新业绩、交出新答卷。

让人民生活更加幸福美满，
破浪前行的石嘴山，将努力实现：
经济繁荣、民族团结、
环境优美、人民富裕，
为决胜全面建成小康社会，
夺取新时代中国特色社会主义伟大胜利，
实现中华民族伟大复兴的中国梦而不懈奋斗！

（写于 2018 年）

石嘴山礼赞

贺兰山青，北起石嘴，
五百里势如奔马，巍巍峨峨；
黄河水长，蜿蜒过境，
一万里形若腾龙，浩浩汤汤。
山与水的交汇“山石突出如嘴”，
石嘴山因此而得名。

如果说山与水，
绘就了石嘴山美丽的容颜。
那么，
五湖四海、自强不息，
则赋予了这座城市，
绵延不竭的发展动力。

历史不会忘记，

六十年的激情岁月里，
数十万满怀豪情的热血青年，
怀揣着一颗颗火热的心，
听从祖国的召唤，
来到了拓荒之地石嘴山。

眼前的一切，
远远超出了人们的想象。
天上无雀鸟，
地上不长草；
沙尘满天飞，
风吹石头跑。

是摇头叹息、望而却步，
还是甩开膀子迎难而上？
建设者以冲天干劲给出了答案，
以磨炼青春战胜了艰难困苦。
他们，在苦与累中找到了爱和乐，
他们，把青春和汗水洒向了这片热土。

天南地北群星聚，
五湖四海拓荒芜。
一镐一锤，顽强拼搏，
一锨一铲，不怕牺牲。

一点一点改变着石嘴山的面貌，
一天一天建设着自己美丽的家园。

这是属于他们的青春之歌，
献了青春献终生；
这是属于他们的青春记忆，
献了终生献子孙。
在追逐梦想的征程中，
几代石嘴山人都把青春无私奉献。

奉献出了宁夏工业的摇篮，
拼搏出了属于石嘴山的辉煌：
石嘴山矿务局，石炭井矿务局，
石嘴山钢铁厂，石嘴山发电厂，
石嘴山瓷器厂，大武口洗煤厂，
905 厂，西北轴承厂，西北煤机厂……

一串串熟悉的充满热血的名字，
诉说着六十年的青春记忆，
成为了传承后世的精神财富；
一排排陈旧的寄托深情的厂房，
演绎着石嘴山的创业历史，
铸就了一个时代的城市品格。

曾几何时，石嘴山因煤而建、因煤而兴，
掀起了蓬勃发展的浪潮，
焕发着满眼生机和活力。
当资源逐渐枯竭，因煤而困时，
去哪里寻找新的经济增长点，
成为每个资源型城市转型时都在思考的问题。

不屈不挠，伴着汗水、泪水，
我们一起走过了，
石嘴山的资源之困、转型之难；
不等不靠不服输，
我们一起见证了，
石嘴山的迎难而上、顽强拼搏。

富有开拓精神的石嘴山人
从逆水行舟、不进则退的现实中走来，
转型发展走新路，
全面振兴创新业，
以不断的飞跃和日新月异的变化，
演绎着由煤城向“山水园林·尚工逸城”的逐步转型。

把握历史发展的脉搏，
踏准时代前进的节奏，
石嘴山的转型之路，

每一步都铿锵有力，

每一步都光彩夺目，

每一步都激动人心。

转型之声，犹如一曲经年不朽的雄浑交响；

转型之路，恰似一部耐得风霜的壮丽诗行！

执着前行的石嘴山，

正在以她深化改革之笔，

转型发展之墨，

描摹着一幅幅“化蛹成蝶、凤凰涅槃”的崭新画卷！

漫步在石嘴山的青山绿水间，

晴朗蔚蓝的天空，

优美如画的风景，

鳞次栉比的商区，

把石嘴山的外在之美突显得淋漓尽致。

干净整洁的街道，

秩序井然的交通，

文明礼让的行人，

环境优美的小区……

沐浴着全国文明城市之风的石嘴山，

其内在美也让来往之人感到舒适和温馨。

这是一种“脱胎换骨”的转变，
这是一种紧跟时代的升级，
更是一次浴火重生的自我革新。
它让人们深深地感受到，
新时代的石嘴山，
正以坚定的信心、饱满的热情，阔步前进。

新时代的石嘴山，
到处涌动着澎湃的建设激情，
正在由宁夏工业的摇篮向科技创新的摇篮转变；
新时代的石嘴山，
到处洋溢着发展的勃勃生机，
正在由工矿时代向生态时代转变。

新时代的石嘴山，
将在惊涛拍岸的发展大潮中，
经受磨练，迎头赶上，
“不驰于空想，不骛于虚声”，
让石嘴山人的“中国梦”透出浓香的甜蜜，
让石嘴山的理想辉映出绚丽的彩霞。

石嘴山，站在新起点，
主动作为，奋力攻坚，
际遇着一个波澜壮阔的时代；

石嘴山，肩负新使命，
尽锐出战，精准施策，
奋斗在一个人民至上的国度。

使命重在担当，
实干铸就辉煌。
石嘴山将大力实施——
创新驱动、生态立市、脱贫富民“三大战略”，
持续推动产业、民生、生态“三大转型”，
和招商引资、实体经济、新经济新业态培育“三个一”工程。

新时代赋予了石嘴山新的使命，
新时代开启了石嘴山新的征程，
石嘴山将努力建设——
新型工业之城、创新创业之城、
生态美丽之城、和谐宜居之城，
打造银川都市圈亮丽北翼。

历史的画卷，总是在砥砺前行中铺展；
时代的华章，总是在不懈奋斗里书写。
奋力前行的石嘴山，
将贯彻新理念，聚焦新目标，落实新部署，
振奋精神，实干兴宁，
时光不止，奋斗不息。

社会主义是干出来的，
奋力前行的石嘴山，
将以习近平新时代中国特色社会主义思想为指引，
深入践行新理念，培育壮大新动能，
焕发新状态、展现新作为，
创造新业绩、交出新答卷。

幸福都是奋斗出来的，
奋力前行的石嘴山，
正以时不我待、只争朝夕的勇气和担当，
加快转型升级，推动高质量发展，
打造石嘴山经济升级版！

奋力前行的石嘴山，将努力实现：
经济繁荣、民族团结、
环境优美、人民富裕。
为决胜全面建成小康社会，
夺取新时代中国特色社会主义伟大胜利，
实现中华民族伟大复兴的中国梦而不懈奋斗！

（写于2018年）

家庭　家训　家风

有一种文化，
从五千年的文明深处走来，
带着历史与现实的芬芳；
有一种精神，
在中华民族心中浩荡飘扬，
如旖旎的春风绵延至今。

它是多少家庭代代传颂的“正人先正己，治国先治家”；
它是多少家庭时时回响的“忠厚传家久，诗书继世长”。
也许，这些家风古训对于我们熟悉而又陌生，
但其实“建设好家庭，传承好家训，弘扬好家风”，
一直根植在中华儿女的心灵深处，
是一种从来不曾断裂的精神传承。

好家庭如阳光，温暖灿烂，
让你知礼仪、懂感恩；
好家训如大海，宽广包容，
让你明事理、懂谦让；
好家风，犹如一面镜子，
映照着我们真实的心灵。

时光的剪影中，
我是那个因说谎，被爸爸关进小黑屋的毛头；
我又是那个乐于助人，受到老师表扬的好学生。
成长的岁月里，
我是那个因骂人，被妈妈罚站认错的淘气包；
我又是那个拾金不昧，受到大家夸赞的好孩子……

家风家训不一定要刻在墙上、写在纸上，
家庭的耳濡目染，
早已在我们的心中播下美德的种子。
家风家训是一种信念和传承，
父辈们的言传身教，
让我们在生活的点滴之中不断践行。

好家庭，如谭淑章，
像一粒超越血缘的浓浓酵母；
好家训，如张虎利，

是几代人诚实守信凝结的精神财富；
好家风，如洪亮，
是亲人生活中温暖的避风港湾。

一声声呼唤，来自五湖四海；
一句句激励，伴着自强不息。
勤俭节约、孝老爱亲是家风家训；
邻里互助、与人为善也是家风家训；
诚实守信、严于律己是家风家训；
恭谦礼让、清正廉明也是家风家训。

家是最小国，
国是千万家。
家庭正才能家风正，
家风纯才能家训清。
这种传承已经浸润在后人的血液中，
润物无声。

让我们从自己做起，携手并肩，
建设好家庭，传承好家训，弘扬好家风，
让新时代的中国处处充满浩然之气，
让新时代的中国时时吹拂美德之风，
同心共筑，
中华民族伟大复兴的中国梦！

（写于2018年）

奔跑吧，石嘴山

一场跨越四十年的巨变，
如大潮隆隆，
奔涌在四面八方，
铺展着改革开放的累累硕果，
波澜壮阔、气势恢宏！

一腔饱含深情的话语，
如战鼓咚咚，
回响在东西南北，
点燃着亿万人民的雄心斗志，
铿锵有力、催人奋进！

让我们，
用心聆听新时代的强音——
人民，是永恒的主题；

让我们，
奋力迈开新征程的步伐——
奔跑，是最美的姿态。

我们，是五湖四海的石嘴山人，
不忘初心、牢记使命，
奔跑在一个追梦的国度；

我们，是自强不息的石嘴山人，
振奋精神，兴市富民，
奋斗在一个圆梦的时代。

回首2018，
我们迎难而上，坚定充实：
对标看齐坚决有力，生态环境逐步好转；
经济发展稳中有进，人民生活持续改善；
民族团结更加巩固，党的建设全面加强。

走进2019，
我们壮志在胸，锐意进取：
旗帜鲜明讲政治，牢记宗旨惠民生；
创新驱动促转型，坚持发展高质量；
久久为功优生态，担当实干抓落实。

岁月不居，时光如流。
美好的蓝图浓墨重彩，
但追逐梦想，
喊不来，等不到，
必须苦干实干加油干。

中流击水，浪遏飞舟。
机遇与挑战相互交织，
任风吹浪打，
一起拼，一起搏，
坚决不等不靠不服输。

追梦的石嘴山，
不畏浮云遮望眼：
聚焦创新驱动战略，推动新旧动能转换；
聚焦脱贫富民战略，努力增进人民福祉；
聚焦生态立市战略，建设美丽石嘴山。

追梦的石嘴山，
咬定青山不放松：
着力推进民主法治建设，促进社会公平正义；
着力推进民族宗教工作，巩固民族团结、宗教和顺良好局面；
着力推进文化建设，构筑共有精神家园；

着力推进改革开放，增强发展动力和活力。

一枝一叶总关情，
虽然要面临重重压力，
但我们敢扛重担，
把人民的期待变成一路奔跑的行动，
把人民的梦想变成生活的现实。

乱云飞渡仍从容，
尽管会遭遇种种险阻，
但我们敢打硬仗，
始终高扬一往无前的奋斗精神，
在新时代的大潮中破浪前行。

使命重在担当，
实干铸就辉煌。
斩金的锋刃，总是在沐浴水火中淬炼；
历史的画卷，总是在砥砺前行中绘就；
时代的华章，总是在执着奔跑中书写。

奔跑中的石嘴山，
贯彻新理念，聚焦新目标，落实新部署，
时光不止，奋斗不休；
聚焦问题短板，精准靶向施策，突破重点难点，踏石留印，抓铁有痕。

奔跑中的石嘴山，
敢于碰硬，全力而为，
以“建功必须有我”的担当，
大力实施创新驱动、生态立市、脱贫富民“三大战略”，
持续推动产业、民生、生态“三大转型”。

奔跑中的石嘴山，
“实”字当头、“干”字为先，
强力推动自身
由全区工业摇篮向科技创新摇篮转变，
由工矿时代向生态时代转变。

“我们都在努力奔跑”，
奔跑中的石嘴山，
将以习近平新时代中国特色社会主义思想为指引，
振奋精神、兴市富民，
加快建设创新型山水园林工业城市，
奋力开创“两个转变”新局面。

我们都是追梦人。
追梦的石嘴山，
将努力实现：

经济繁荣、民族团结、环境优美、人民富裕，

为确保与全国全区同步全面建成小康社会而不懈努力，

为建设美丽新宁夏、共圆伟大中国梦做出新的更大贡献！

（写于 2019 年）

石嘴山畅想曲

序

当“一带一路”的春色，
映满喜迎发展的笑眼，
当“十三五”发展的步点，
和着幸福的歌声回响，
我们都在时光中徜徉。
享受着生活的甜美，
憧憬着和谐的绵长。

新的希望，新的畅想。
我们的心灵自由地和着时代的旋律歌唱，
我们的理想不住地迎着发展的宏图绽放！
石嘴山，一个硬朗的名字，
正用她山样的胸怀，
包容大志，谋划长远。

石嘴山，一个坚韧的名字，
正以她水样的柔情，
孕育文明，砥砺笃行。

贺兰山青，
见证着“十三五”执着前行的风雨历程。
黄河水长，
激荡着新常态下自强不息的拼搏奋进。
衔山亲水，如琢如磨；
水柔山雄，相伴相生。
年轻的石嘴山，创新发展、转型追赶，
努力破茧成蝶。

经济社会长足发展，
城乡面貌变化巨大。
昔日的戈壁滩上，
一座山水园林新型工业城市昂然崛起。

10 年，30 年，60 年……
从创建“园林城市”
到建设“山水园林新型工业城市”；
从构筑“奇石湖泊城市、宜居宜业城市、和谐幸福城市”，
到建设创新型山水园林新型工业城市。

石嘴山的发展理念在不断地更新，
石嘴山的发展进程在不停地刷新，
石嘴山的发展前景在不住地拓展。

第一章　山水之梦

有一幅山水画，墨迹如新。
山环抱着水，
水缠绵着山，
像一处山水的梦境，
水带着山赋予的清纯流向远方，
却为山留下了苍翠、宁静和恬然。

几代石嘴山人用荡气回肠的绿来开篇，
植树种草，再造秀美山川。

豪气在戈壁荒坡中绽放，
激情在风伴沙石里昂扬，
青春在破裂的虎口上荣光。

渐渐地，
随意站在哪里，
你只需抬一抬头，
就有满山的红花绿叶向你招手。

再没有谁比春雨后的贺兰山更迷人了。
整个山坡，
都是苍翠欲滴的树木，
没来得及散尽的雾气像柔软的丝绸，
一缕缕地缠在它的腰间。
石嘴山用绿色的爱，
写下感天动地的诗篇。

阳光把每片叶子上的雨滴，
都变成了绿色的祝福，
洒在城市的街路、公园、
小区、广场。

嘘，
安静些，再安静些，
切莫惊醒岸边的小鸟。
你听，那潺潺的流水，
汩汩浇灌着石嘴山的大地。

千江有水千江月，万里无云万里天。
一湖春水，
依旧是清澈见底。
水边青山，
依旧是不辞壮美。

几簇苇丛，
几弯楼舍，
一带山水，一路欢歌，
点缀在石嘴山人改天换地的气魄里，
点缀在石嘴山人憧憬的山水之梦中。

第二章　强市之路

回眸“十三五”，
石嘴山发扬艰苦奋斗、开拓创新的精神，
依靠大项目建设叩开了“振兴之门”；
回眸“十三五”，
为了寻求突破与发展，
作为全国首批经济转型试点城市、循环经济试点城市
石嘴山开始踏上了转型发展高质量发展的征途。

几番风雨，
几番跋涉，
昔日荒漠戈壁上的西北小城，
依靠一批大项目、好项目、优质项目，
实现了“脱胎换骨”，
一座创新型山水园林新型工业城市跃然于眼前。

立足实际，长远谋划，

“十三五”期间，

石嘴山优势产业成果显著：

机械装备、能源化工蒸蒸日上，

新材料等势头强劲，

现代服务业日益繁荣，

现代农业发展步伐加快。

一个产业集聚、和谐幸福的石嘴山横空出世！

凤凰涅槃，化蛹成蝶。

“十三五”期间，

石嘴山面临资源枯竭，

为实现可持续发展，

以不可持续资源换可持续产业，

实现了发展方式和增长模式的重大转变。

全国有亮点，西部有位置，宁夏敢争先。

石嘴山抓住机遇，

强力推进经济转型、工业强市，

着力推动产业结构优化升级，

有力推动了经济社会的科学发展和跨越发展，

走出了一条高质量发展的新路。

第三章　和谐之美

那蓝蓝的天空，
因为有了白云的点缀，
才显得静穆和安详；
那宽广的大地，
因为有了万物的拥吻，
才显得和平和馨香。

一个家庭，
一个国家，
不也是因为互相依存、互相映衬，
一起共同发展，
才呈现出五彩斑斓的和谐吗？

石嘴山，
始终有一种积极的前进的状态。
因为她的包容、她的自省，
好像是一颗种子，
在石嘴山人的心田里扎根发芽，
在石嘴山人爱的滋养下茁壮成长。

亲善让石嘴山产生幸福，
文明让石嘴山拥有和谐。

田间耕作的农民，
车间忙碌的工人，
医院救死扶伤的医生，
学堂讲授知识的教师……
不同的岗位，不同的价值，
但正是这些价值凝聚成一种石嘴山人的力量！

振奋精神，
兴市富民。
创新型山水园林城市石嘴山，
生态越来越美，产业越来越好，
城市功能越来越全，农村发展越来越好，
干群奋斗精神越来越强。

奋斗和奔跑，
是一种幸福的姿态。
实现社会和谐，
建设美好生活，
始终都是每一个石嘴山人，
孜孜以求的梦想。

跋

晨曦初露，
万类霜天，

新一轮发展的号角已经吹响，
“十四五”的劲风也扑面而来，
挑战和机遇并存，
危机与商机共生。

石嘴山人，将在这片神奇的土地上，
吟唱出更为悠远的歌声；
将在这片充满生机的土地上，
实现更加美好的希望；
将在日新月异中，
不断演绎着波澜壮阔的篇章。

让我们期待，
期待下一个五年，
浓墨重彩的又一个崭新篇章。
让我们展望，
展望下一个十年，
日新月异的西部充满了新的希望。

我们对未来充满希冀，
我们对明天信心十足，
新时代的天空，
请为我们铺开满天的彩霞，
我们要为你注入永恒的活力。

年轻的石嘴山，

已千帆竞发，

幻化成一羽白鸽，振翅翱翔……

（写于 2019 年）

站在你逆行的身影旁

你说春天里那个百花香，
可我却不敢尽情地歌唱。
晴好的时光，
在窗棂前变成奢望；
风雨的路上，
你的身影又一次成为我心中的镜像。

记不起多少次灾难中，
你逆行的身影，
总是那么执着和坚强。
其实身为人之子女、父母的你，
何尝没有揪心和牵挂，
又何曾想过得到众人的赞扬？

一次次的逆行，

你仅仅把它看作应当。
你忘掉脆弱、奋不顾身，
眼中闪烁着决不放弃的泪，
你擦干眼泪、放空自己，
心里装满了对更多人的爱。

我很幸运也很愿意，
站在你逆行的身影旁。
不管年方十八还是古稀耄耋，
你只为对得起那身代表责任和担当的衣装。
压住作为一个普通人的念想，
你扛着自己逆行于大风大浪。

站在你逆行的身影旁，
在灾难里探寻真相。
人们脸上流露出不安，
看到你就像看到了希望。
你没有迟疑地以身试险，
只为给更多人带来平安健康。

站在你逆行的身影旁，
就是站在了新闻现场。
传递出的每一条讯息，
都是你分秒必争的实况。

一支笔、一个镜头，
把你和大家紧紧地捆绑。

站在你逆行的身影旁，
仿佛忘记了无处不在的危险。
跟着你一路前行，
我会在心里想，
越是靠近你，
就越靠近人民对于真实的渴望！

站在你逆行的身影旁，
在流动的影像、照片、文字里，
人们看到了你的辛劳，
知道了你的刚强，
理解了你的不易，
也温暖着我们的心房！

站在你逆行的身影旁，
我能感受到一种血脉偾张的气场。
虽然每一场逆行的大仗，
我都不是具备救死扶伤技能的战士；
但当你递给我一副口罩，
泪水瞬间在我脖颈间流淌！

站在你逆行的身影旁，
一起奔跑在危机四伏的战场。
有时也会累到身体发僵，
有时也会面临死亡；
但你的不顾一切，
让我有了冲上去的力量！

站在你逆行的身影旁，
我有幸成为现场的记录者。
影像中一次次逆行的你，
值得人们深深铭记和传唱。
但你却说忘掉吧，
以后也不要再这样相见！

多少次你已习惯了逆行，
我一时竟不知道如何赞扬。
你深夜里被忙碌拖得长长的身影，
让我顿时觉出了自己的渺小。
唯愿逆风解意百花烂漫时，
你得胜归来平安无恙！

（写于2020年）

辣辣缨

从来不起眼
也不稀罕
我总在
风口
站

风
可劲
挟裹着
新的萌芽
怕我长得欢

一簇辣辣缨
在早春里
自顾自

探头
看

瞧
鸟儿
衔着它
在云朵里
追逐着旋转

淘气的孩童
拔出根来
吸溜着
直叫
汆

嗨
别喊
我的根
压根没断
地里连着线

你掐你的秧
我自生长
哪顾上

风雪
电

叶
伸展
花朵儿
也不鲜艳
却一开一片

夏天的绚烂
秋的丰满
我好像
不沾
边

哼
冬天
南墙前
啥都不见
我依然活泛

冻僵的叶片
悄悄半掩
根却在

旮旯
钻

来
你们
还有啥
可劲招呼
我仍长得欢

家 园

贺兰山下，
沃野千里起炊烟。
黄河之畔，
田园万顷乐丰年。
阅遍千帆，
山川形胜层林染。
不论身在何处，梦萦魂牵。

石嘴山，
当年创业唯艰难，
石嘴山，
今夕巨变换新天。
管它多少时光流转，
我自深情一片。
携手奋进甲子之诞，

而今再看此家园，
生态相融，产业相伴。

石嘴山，
创新创业谱新篇。
石嘴山，
兴业兴市展新颜。
山欢水笑，盛况空前！

石嘴山，
创新创业谱新篇。
石嘴山，
兴业兴市展新颜。
山欢水笑，盛况空前！

（写于 2020 年）

山水情

我的家乡在石嘴山，
那里有山也有河。
来过的人都说美咂啦，
怎么把江南变到这里了？

绵绵的山峦繁花万朵，
春风吹来一城歌，
亲朋好友远方来，
传来欢笑一坡坡。

我的家乡在石嘴山，
那里有沙有湖泊。
来过的人都说美咂啦，
怎么把江南融到这里了？

清清的湖水烟柳婀娜，

小舟荡过一船波。

姑娘小伙儿从绿野穿过，

飘起祥云一朵朵。

（写于2020年）

山水之城石嘴山

有大山作证，
滚滚乌金打破了千年的沉寂。
我们来自五湖四海，
把青春在这里挥洒。
我们自强不息，
献了青春献终生。
绿水青山就是金山银山，
产业兴旺，物阜民丰，
我们踏上了新起点的发展节拍。

啊，这是奔跑的石嘴山，
绿色环城奇石秀；
啊，这是奔放的石嘴山，
有容乃大聚贤才。
啊，这就是山水之城石嘴山。

以长河为怀，
翩翩白帆迎来了万家的灯火。
我们说着南腔北调，
把根苗在这里扎下。
我们白手起家，
献了终生献子孙。
煤城变身为园林，
生态和谐，幸福文明，
我们迎来了新时代的伟大复兴。

啊，这是奔流的石嘴山，
水系绕城沙湖美；
啊，这是奔腾的石嘴山，
海纳百川汇星海。
啊，这就是山水之城石嘴山。

啊，这是奔跑的石嘴山，
绿色环城风光秀；
啊，这是奔放的石嘴山，
有容乃大谋发展。
啊，这就是山水之城石嘴山。

啊，这是奔流的石嘴山，

水系绕城生态美；
啊，这是奔腾的石嘴山，
海纳百川谱新篇。
啊，这就是山水之城石嘴山。

啊，这就是山水之城石嘴山。

（写于 2020 年）

石嘴山，我可爱的家乡

在一个山水相依的地方，
有我那炊烟袅袅的故乡，
经历一段叫石嘴山的时光，
不由得魂牵梦绕在心上。

那南腔北调还在耳边回荡，
黄河两岸也泛起丰收的麦浪。
走在曾一起修建的朝阳街上，
总能记起那点滴流金的过往。

啊，石嘴山，
我可爱的家乡。
虽然岁月苍老了你的面庞，
但永远苍老不了，
你在我心中的形象。

街角卖凉皮的白布棚子，
仿佛如今还飘满了辣香。
眼里闪过百花市场的夜市，
热火气儿还是那么让人向往。

站在电信大楼的钟表旁，
四通八达的不止是城市交通，
和平鸽飞过中心广场，
高楼交织青山公园旁。

啊，石嘴山，
我可爱的家乡，
虽然岁月侵蚀了你的模样，
但永远侵蚀不了，
你给我注入的力量。

穿行在北武当的生态长廊，
田园掩映下的湖色山光，
伴着呼啸而来的高铁，
从星海到沙湖一路流淌。

天南海北的人们都在打量，
你是否还像那从前的模样？

我也一个劲儿地在心里想，
你永远是我可爱的家乡！

啊，石嘴山，
我可爱的家乡，
一个山水相依的地方。
啊，石嘴山，
是我那炊烟袅袅的故乡！

啊，石嘴山，
我可爱的家乡，
一个山水相依的地方；
啊，石嘴山，
是我魂牵梦绕的故乡！

（写于 2020 年）

山水畅想曲（组诗）

山之魂

沧海桑田
将它的故事不断融化
倾注在贺兰山巅
任由多少风云变幻
都集聚在山的雄伟
和壮阔里

秦时明月啊
在贺兰山上高悬
把汉时雄关照耀得格外壮观
长城蜿蜒啊
如巨龙一样
横亘在金色的黄河岸边

在凛冽的寒风里
铁马冰河中的蒙恬
在浑怀障的壁垒前
为士兵们系紧甲胄
在长城烽台上
高扬着他们战斗的宣言

时空中传来生命的呐喊
驾长车
踏破贺兰山缺
于是整个贺兰山
在世人的心里
越发显得高大和伟岸

顺着诗句
我们总不由得
向贺兰山的历史深处瞭望
群山庇护下的石嘴山
一天天烽烟散尽
一处处变作阡陌良田

变迁总是经历风雨的
在贺兰山的峰口

踩着西夏离宫的瓦片
顺着它残留的辉煌光芒
那人那山的故事
在大地上久远地流传

站在省嵬城的断墙边
倚着远山的呼唤
听着石嘴子扑涌而来的河涛里
艄公们在浪里攀谈
他们用一把橹
把山的影子摇得浪涌水宽

是好儿男
就把战斗的地方当作家园
话语就像昨天那样闪现
流淌出力量和信念的源泉
让一代代石嘴山人
看到了幸福而美好的明天

当纷至沓来的脚步踩进大山
山杏花也像他们一样倔犟地开放
虽然略显稀疏却格外迷人
当开路的号声响彻山谷
整个贺兰山

都激动得在不停抖颤

为了山下果园成
为了十里稻花香
我们披星戴月耕耘
我们壮士断腕实干
任时光流转啊
传递着我们守护大山的情感

不再哭泣的悠悠青山
依旧壮美
抚平煤炭开发的记忆
和对这片土地的久久依恋
蕴藏在雷霆行动的气魄里
抒发在播绿大山的豪情中

河之韵

一条金色的河
从石嘴山的大地上舒缓地流过
勤劳而勇敢的人们
在河边辛勤地耕耘和劳作
他们把炊烟
当作陪伴安然入梦的云朵

辽阔的石嘴山大川中
金色的羊毛堆积如垛
在山石突出如嘴的渡口
那装满羊毛的船队
也曾是百舸争流
像是能把河岸挤破

金色的河
像一双温暖的手
连接着历史和现在
连接着东西南北中
她通江达海
她开放包容

双脚踩在黄土地上
自强不息的石嘴山人
用砥砺奋进的心
把治理和保护大河的激情
化为一腔热血融冰雪
化为数载勇气冲霄汉

远山近水间
一群五湖四海的人

充满着奔跑的活力
执着走来的石嘴山
伴着大河滚滚向前的波涛
将带来更多的缤纷色彩

人之坚

你总是说
没有什么可以轻易把人打动
除了内心的爱
天南地北的建设者
带着祖国的召唤跋涉而来
用爱抒写关于梦想的希冀

狂风呼喊着迎接你们
但反衬的
是创业者的豪情和勇敢
山峰嶙峋戈壁辽远
但证实的
是建设者钢铁一般的意志

掘地为窑
人虽然蜷缩在地窝子里
但梦却是那样香甜

帐篷虽然建在古墓坟茔旁边
但那血色红旗漫卷
总是让人憧憬明天别样的发展

当长龙般的铁路伸出山峦
太西煤燃烧出的微笑
让需要它的人
都感到了温暖
连可爱的祖国
都为石嘴山的付出骄傲震撼

创业的日子苦
拿到的第一手资料
骑着毛驴风餐露宿地一点点收集
创业的日子难
测绘的无数张图纸
在“干打垒”的煤油灯下一天天绘制

脚步停留在一座破旧的药王庙前
白昼间到野外与风沙搏斗
黑夜里在庙中同泥神共眠
这是真实而坚定的创业宣言
简朴得不能再简朴
赤诚得不能再赤诚

难忘啊
为了矿井早日出产煤炭
什么都不顾
在冰河里打捞电机
那来自各地的工友
是怎样地同死神进行着决战

记得啊
为了捅开堵塞的煤仓
曾不顾一切举起的钢钎
为了矿工兄弟们的安全
你面对井下塌方的危险
用牺牲换来了大家的平安

历史不会忘记
因为这样的石嘴山人
才有如此无私的奉献
也正是这些石嘴山人
对祖国和人民的忠诚无限
我们才有了今天梦想的灿烂

绿之梦

就算茫茫戈壁一眼望穿
也总是炽热生烟
一个绿色的梦
伴着几代石嘴山人 60 年

怀揣这个梦
执着的石嘴山人
用荡气回肠的绿来开篇
喊出了“不绿化石嘴山死不瞑目”的誓言
植树种草铺绿
再造秀美山川

一张蓝图绘到底
一任接着一任干
豪气在戈壁荒坡中绽放
激情在风伴沙石里昂扬
青春在破裂的虎口上荣光
山水之间战旗招展

我们将希望的树苗
一棵一棵地
根植在贺兰山下

和黄河岸边
也将对未来与远方的期盼
根植在人们的心田

一镐一锹
手掌磨出了血泡
一岁一年
风沙中长出了树苗
带着人定胜天的信念
石嘴山人书写绿色的诗篇

从每一个党员干部
到数十万市民群众
石嘴山人把对绿无限的热爱
从心怀里掏出来
让绿色的希望
种进这片不等不靠不服输的土壤里

绿水青山就是金山银山
深情的石嘴山儿女
凭着对绿的深情向往
以特有的绿色情结
聚木成林
让昔日戈壁化身为片片绿洲

从草木繁茂的贺兰山
到郁郁葱葱的森林公园
从花木繁盛的山水大道
到十里绿荫北武当河生态公园
山水园林
已经成为这座城市亮丽的名片

这里的绿地公园崇尚品味
掩映在绿色中的小区别具一格
阳光挥洒进每一个角落
人们在绿色的森林里
编织出几代人的梦想
吐露着一个又一个春的心声

60 年初心不改
在生态石嘴山的滚滚征程上
一路科学规划、壮大手笔
60 年使命在肩
在绿化石嘴山的漫漫风尘里
一路战天斗地、高歌猛进

渐渐地
不管随意站在哪里

你只需抬一抬头
就望得见山间的红叶
和那水上翩翩的飞鸟
还有那满目的绿向你招手

石嘴山正用浓绿浓绿的爱
写下感天动地的诗篇
将满城柔美的绿意
簇拥在她山一样浩大的心胸
而把不断伸展的绿
写在更加壮阔的天地间

湖之秀

清晨或黄昏
徜徉在星海湖畔
清凉的风中
婉转的鸟鸣
让人与湖自然地相融
并生发出绵绵的情意

绚丽的阳光下
跳跃的鱼儿
和掠过的飞鸟

像是在提醒着
我们生活的环境
有着自然而和谐的气象

清澈浩渺的湖水
在沙岛的葱茏间
荡漾而来
又波涌而去
我们也不禁被感染
一下子心潮高远

翠苇摇曳
带着一种亲身的经历与体验
我们不缺少勇气和果敢
我们不惜努力和流汗
面对曾经垃圾遍地蚊蝇肆虐的臭水坑
我们向恶劣环境展开了宣战

为了还我碧水蓝天
为了石嘴山美好的家园
我们从水的清澈中
寻找出了环境治理的方案
我们高扬起石嘴山精神的旗帜
以更为科学的规划来布局和谋篇

在那个飘雪二月天
我们怀着满腔热血
打响了环境综合整治的攻坚战
推开的第一铲冰
像一个优美的起点
刻在历史不会忘记的坐标之间

化腐朽为神奇
一湖春水终于澄蓝
那里有少年的流连
有双足垂水的愉悦
有喧闹而惬意的风帆
有青山绿水的代代承传

让我们再宁静些
切莫惊扰湖上的闲云野鹤
那潺潺流动的水声
仿佛流淌着的是精神
汩汩浇灌着石嘴山大地
流在石嘴山人周身激昂的脉搏里

家之美

贺兰山青啊黄河水长
星海湖水浩渺在人心上
森林公园飘散着浓郁的花香
湛蓝的天空最适合放飞理想
石嘴山啊
你是创造美的地方

碧水泱泱
是我们改造山川抒写的诗章
新绿葱茏
覆盖了戈壁漫绿了山冈
这里山依傍水
最适合梦想生长

每一棵绿树
都是我们种植的希望
每一泓湖水
都是我们清明而鲜活的思想
建设山水园林的家乡
是深得民心且能够实现的理想

父亲山的崇高和坚定

让我们永远不会失去
勇敢向上的希望
母亲河的清澈和明亮
让我们懂得尊重规律
走在正确的方向

在青山绿水中生活成长
是何等的美好舒畅
我们把人民的愿望
真切地放在心上
我们将改善生态环境的实践
在宏伟的蓝图中表现得充分而不虚张

当梦想变成光荣
光荣又在孕育着新的梦想
新时代的号角在耳边嘹响
在石嘴山转型发展高质量发展的征途上
我们用山和水结构发展的篇章
我们用情和爱浇灌这里的土壤

可以看到明天
奇石山的小草会更为鲜绿
七彩园的花朵会更为芳香
80 多万儿女会更加幸福美满

山水园林石嘴山啊
你就是我心中最美的地方

城之冀

梦想是最令人心动的旋律
不平凡的 60 年
我们见证了石嘴山的成长
我们用汗水浇灌收获
前进的每一步
都蕴含着几代石嘴山人的执着与坚守

石嘴山的坚守唯有奋斗者的脚步可以丈量
转型发展高质量发展取得明显进展
污染防治和生态建设取得重大成果
成功创建全国民族团结进步示范市
全面深化改革多点突破
文化创新创造活力持续增强

石嘴山的奋进唯有奋斗者的汗水能够体现
民生保障水平稳步提升
城市特色发展取得新的成效
扫黑除恶专项斗争取得重要战果
全面从严治党有力推进

全市经济社会各项事业和党的建设取得显著成效

成就今天的是昨天
越是关键时刻，越要咬紧牙关
始终抓住“三个着力”重点
守好“三条生命线”
走出一条高质量发展的新路子
不获全胜决不收兵

创造明天的是今天
越是冲刺阶段越要“干”字当前
抓住转型发展“牛鼻子”推动高质量发展
坚决打赢“三大攻坚战”
持续实施“三大战略”
担当新使命，展现新作为

我们迎来了决战决胜的历史新节点
更需要时刻“不忘初心、牢记使命”
坚定不移贯彻新发展理念
持续抓好大保护大治理
切实保障和改善民生
深入推进全面从严治党

我们迎来了转型发展高质量发展的新机遇

更需要不断“振奋精神、兴市富民”
把调整优化结构作为转型发展的基础
把转变发展方式作为转型发展的重点
把增强发展动能作为转型发展的关键
真正转出一片新天地，开辟一片新境界

脚下是通向未来的发展之路
胸中是满怀争先的赶超之志
全面建成小康社会成功在即
在“十三五”规划收官之年
初心和使命是我们走好新时代长征路的不竭动力
让我们把对人民做出的庄严承诺绽放成温暖幸福的盛景

我们唯有满怀信心、持续奋斗
才可以不惧风雨、勇往直前
让我们正视差距，增强“追”的雄心
认清形势，树立“赶”的壮志
发挥优势，激扬“比”的豪情
争先进位开创兴市富民新局面

振奋精神，今朝倍觉心气暖
兴市富民，明日更须勇争先
我们要万众一心加油干
越是艰险越向前

让我们用实干吹响胜利之音
用奋斗照亮梦想之路

让我们只争朝夕，不负韶华
加快建设创新型山水园林工业城市
努力走出一条
具有石嘴山特色的转型发展高质量发展之路
为建设好经济繁荣、民族团结、环境优美、人民富裕的美丽新宁夏
作出新的更大贡献

（写于 2020 年）